AF599513

Libellule

Nicolas Richit

Libellule

Roman

ISBN : 979-10-422-2019-8

Mélanie regarde étonnée, avec un léger dégoût, ce morceau de viande bien rouge qui semble encore animé… Étonnée que ses parents puissent, sans se trouver dans les mêmes émotions qu'elle, s'acharner à ce point sur cette matière qui provient d'un être vivant… Mélanie a 16 ans et ses parents tiennent une boucherie-charcuterie. Mélanie est leur seule fille, et enfant, et par conséquent celle qui, pour eux, reprendra le couteau pour ne pas dire le flambeau. Elle pense qu'elle n'aura pas le choix, que « c'est la vie et que c'est comme ça ma chérie » comme dit son père. Alors elle se met à imaginer des histoires, qui la font s'évader de cet absurde quotidien qui l'attend. Des histoires qui finissent toujours bien et dans lesquelles les protagonistes, à la recherche d'un idéal, s'en trouvent heureux. Son imagination est fertile, mais ses illusions cassées par ses parents qui n'ont de cesse de lui répéter d'arrêter de rêver…

Et puis les années passent, mais Mélanie ne s'est jamais faite à l'idée de devoir reprendre l'affaire familiale parce que tout simplement elle n'a pas l'âme d'une commerçante et encore moins d'une bouchère ! Elle a vingt ans et la relation qu'elle a avec ses parents est conflictuelle au point qu'elle a décidé de mettre entre parenthèses cette vie de « famille » ; ses parents ne la comprennent pas et Mélanie est complètement perdue. Elle sait qu'elle n'est pas faite pour ça ; ils sont, pour des raisons pratiques et surtout traditionnelles, persuadés du contraire. Mélanie quitte ainsi le foyer pour essayer de trouver son propre chemin. Mais à vingt ans, avec peu de bagages si ce n'est ce martèlement parental de faire croire qu'elle ne saura rien faire d'autre de bien, Mélanie ne sait pas vraiment quoi entreprendre dans sa vie. Alors elle continue à rêver d'histoires qui l'évadent et la sauvent de ce quotidien.

Mélanie s'est trouvée un sordide, mais suffisant, petit appartement de type studio qu'elle a pu obtenir grâce à quelques missions intérim effectuées. En effet, malgré une place plus qu'honorable dans la Boucherie, qu'elle a préféré décliner, Mélanie est allée s'inscrire comme jeune demandeuse d'emploi chez qui vous savez. Vu son peu d'expérience professionnelle, peu de postes lui sont proposés, voire accessibles, mais elle ne lâche rien par peur de devoir finalement retourner chez ses parents et ainsi, par dépit, reprendre le métier de ces derniers. Jusqu'à présent, on ne lui a proposé que des missions dans le secteur du nettoyage industriel, missions peu rémunérées et qui finalement ne demandent que de la ponctualité et de la rigueur, mais pas d'expérience au préalable. Petit à petit, Mélanie s'aigrit, coincée entre une vie professionnelle qu'elle ignore et un studio miteux.

Un jour, elle se voit lui proposer une mission de quelques semaines au sein d'un EHPAD pour un remplacement d'agent de service. Mélanie hésite. Après mûre réflexion, et une check-list du réfrigérateur, elle se dit qu'elle n'a pas trop le choix. Mais cette hésitation est due au fait qu'après ne pas se considérer comme bouchère ou éventuellement commerçante, Mélanie ne considère pas non plus les métiers de soignants en structure comme valorisants pour elle. Il semblerait qu'elle fasse des raccourcis assez carnassiers entre ces métiers et celui qui lui était destiné… une boucherie ! Elle accepte donc la mission en se permettant une condition ultime, celle de n'avoir aucun contact tactile avec les « vieillards » en prétextant n'avoir absolument aucune notion de soins, ce qui n'est effectivement pas faux. Ainsi sa requête est validée, car faute de manque cruel et récurrent de personnel dans ces structures, Mélanie n'effectuera que les tâches ménagères imposées par sa fiche de poste.

Arrivée devant la structure, Mélanie soupire. Elle va découvrir un monde jusque-là méconnu pour elle, mais surtout avec beaucoup d'a priori. Elle n'a aucune expérience dans le domaine du soin et c'est une chose paradoxalement qui la rassure, car elle sait que ses tâches ne se résumeront qu'à l'entretien des locaux. Elle a vaguement entendu, un peu comme tout un chacun, que ce genre d'établissement éprouvait un manque de moyen humain. Mais la check-list du réfrigérateur lui revient à l'esprit et c'est d'un pas résigné qu'elle franchit le seuil de la porte de l'EHPAD. Sur place, et une fois accueillie presque comme un messie, mais surtout avec les formalités d'usage, elle va se rendre compte objectivement de ce manque cruel de personnel et, indéniablement, des dérives qu'il en coûte : les « vieillards » attendent, dans la grande salle à manger, dans les chambres, parfois en gémissant ; les soignantes, le peu qu'il y a, semblent courir de chambre en chambre, de tâche en tâche, avec dans leurs voix une tonalité aiguë et désabusée peignant leurs états de fatigabilité…

Mélanie n'est pas très à l'aise, mais elle pousse son petit chariot complet qui lui permettra d'effectuer le travail qui lui est demandé. Elle le pousse et s'arrête parfois devant une chambre. Elle est aussi gênée que lorsqu'elle regardait ses parents préparer un morceau de viande ! Heureusement pour elle, elle n'a que le balai, les gazes, les franges et lavettes imprégnées de produit à manipuler. Et la mission ne durera que quelques semaines.

Mais assez rapidement, Mélanie va se trouver bousculée par des cris de « vieillard » ; des cris provenant toujours de la même chambre. Dans cette chambre, elle y découvre un très vieil homme, recroquevillé dans son lit. Lorsqu'une soignante entre dans sa chambre pour s'occuper de lui ou pour l'aider à s'alimenter, elle ferme la porte et Mélanie ne sait pas ce qu'il s'y passe derrière. Elle est juste effrayée par les cris qu'elle entend à ces moments-là. Des instants qui lui semblent une éternité. Interpellée par cette situation, Mélanie écoute d'une oreille discrète ce qu'en disent les soignantes. Elle a compris que ce « vieillard » s'oppose à tout soin de « nursing », refusant de s'alimenter et ne s'exprimant que par des cris. Est-ce de la douleur ? De la folie ? De la méchanceté ? Quoiqu'il en soit, Mélanie est le témoin impuissant de la lente agonie de ces pauvres soignantes, manquant de temps, forçant certains soins, n'ayant plus l'énergie de comprendre. Comprendre pourquoi cette violence à leur égard, comprendre cette opposition, comprendre ces cris.

Les jours passent et malheureusement se ressemblent. Mélanie reste encore très touchée par l'ambiance qui règne dans cette maison de « vieillards », mais elle sait que pour elle ça ne durera pas longtemps et que cette mission fera partie des mauvais souvenirs, et peut-être d'autres à venir, de sa vie professionnelle. Le sourire, elle le retrouve auprès de certaines et certains collègues avec qui elle commence gentiment à bavarder, histoire d'échanger un peu sur les vies, pas toujours très roses, de chacun, mais qui permet de se sentir un tantinet moins seul à supporter cette lourdeur. Au milieu de ce petit monde qui court, il y a un jeune homme qui donne plutôt l'impression de brasser du vent. Il fait partie de l'équipe « technique et entretien ». Enzo a 22 ans. Mélanie l'avait un peu repéré au début, mais elle va s'apercevoir qu'Enzo est un jeune homme maladroit. Pas dans son travail, tant est qu'il décide de s'y mettre sérieusement, mais plutôt auprès des filles. Il a une fâcheuse tendance à se montrer machiste et quelque peu désobligeant. Ou alors il s'y prend absolument très mal pour tenter une approche. Bref, Enzo est un dragueur sans romantisme. Du moins, c'est ce qu'il laisse transparaître.

Les jours se suivent... mais ne se ressemblent finalement pas réellement. Mélanie va en avoir la preuve. C'est un jour de « grand ménage » et Mélanie est à mille lieues de découvrir ce qui pourrait éclairer sa vie. Cette fois-ci, elle n'a pas trop le choix. Un jour de grand ménage, ça veut bien dire ce que ça veut dire : il n'y aura pas que les parties communes à nettoyer... mais il faut, au moins deux à trois fois dans l'année, ce qui n'est point un luxe, s'attarder aux chambres ! Mélanie devra franchir cette frontière imaginaire qu'elle s'était inventée : s'approcher davantage des « vieillards ». Il s'agit surtout de dépoussiérer, trier et désinfecter leurs placards qui se trouvent en entrée de chambre et faire la même chose au niveau de leurs sanitaires respectifs. Mélanie bougonne discrètement et c'est sans gaieté de cœur qu'elle s'attaque à cet ouvrage.

Sa plus grande crainte est de devoir s'occuper de la chambre de ce vieil homme hurlant, qu'elle considérerait presque comme un animal. Elle avance donc de chambre en chambre. Finalement, elle s'apaise doucement puisque très souvent certaines chambres sont vides de résident, certainement en train de patienter en salle à manger (Mélanie dirait plutôt qu'ils attendent que la mort vienne les cueillir…) ou en activité auprès de l'équipe d'animation. Mais elles ne sont pas toutes vides. Voilà, on y est. Mélanie se trouve devant la chambre tant redoutée. À travers la porte elle peut entendre quelques gémissements plaintifs. Devoir toquer à cette porte lui glace le sang. Elle pourrait directement passer à la chambre suivante, mais elle n'est pas complètement seule dans le couloir. D'un coup, elle se persuade d'accomplir cette tâche en espérant s'y activer très rapidement pour ne pas avoir le temps de réaliser quelle chambre est-ce. Ainsi elle toque et entre sans dire un mot. Une odeur particulière la stoppe dans son élan. Une odeur même quelque peu désagréable, parce qu'inhabituelle pour Mélanie. Est-ce que la mort a cette odeur-là, se demande-t-elle ? Elle se ressaisit, évite de regarder en direction du lit. Elle ne devine qu'une espèce de masse enroulée dans des draps, qui semble quelque peu bouger. Mais à son étonnement, plus de cris ni de gémissements. Elle s'attarde donc en premier au placard qui se trouve à l'entrée. Qu'elle ne fut pas sa surprise, une fois le placard ouvert, de s'apercevoir qu'il n'y a vraiment pas grand-chose. Donc un tri et un nettoyage s'annoncent rapides ! Mélanie se sentirait presque soulagée. Elle commence par enlever le peu d'habits qu'il reste : deux pantalons, un pyjama, trois maillots de corps et trois paires de chaussettes. Et toute cette petite vêture semble complètement aussi vieille que son propriétaire, délavée, usée… Puis Mélanie s'empare d'une petite valise qui a bien vécu, se trouvant seule sur l'étagère du haut. Mais en la déplaçant, elle a l'impression qu'il y a quelque chose à l'intérieur. Sa curiosité l'empare et Mélanie ouvre la valisette. Bizarrement il n'y a rien, mais en la secouant un peu elle se rend compte qu'il doit y avoir un objet, peut-être un portefeuille, des photos ou un livre, caché dans la doublure de la valise. Mélanie inspire un grand coup et sans vraiment comprendre pourquoi glisse sa main dans une fente longeant la doublure et y sort un carnet gris qui semble bien usé aussi celui-ci. S'agirait-il d'un carnet de bord ? D'un journal intime ? Sa curiosité est encore plus forte d'autant qu'un silence presque apaisant lui fait oublier ou elle se trouve, le vieil homme étant étrangement silencieux. N'y tenant plus, Mélanie ouvre le carnet…

Je m'appelle Léon. Nous sommes le 24 juillet 1944 et je viens d'avoir 12 ans. J'ai reçu de ma douce maman ce carnet dans lequel je peux tout écrire, tout ce que je veux, ce que je vois, ce que je vis. Le soleil me caresse la main à travers les feuilles du saule sous lequel j'aime venir me poser, au bord de l'étang. C'est l'été et la guerre est finie. Papa ne reviendra plus jamais. C'est à moi maintenant de veiller sur maman et ma petite sœur chérie Emilie. Maman a quelqu'un qui l'aide dans notre petite ferme. Je crois que c'est un soldat allemand qui a fui le malheur et l'enfer de la guerre. Il est gentil, rigole beaucoup avec maman et ça me fait du bien de la voir comme ça. Elle a assez pleuré quand on est venu lui annoncer que papa ne reviendrait plus jamais. Il paraît que la guerre l'a emporté. En tous les cas, Klosse (je ne sais pas comment ça s'écrit) est assez drôle avec son accent. Je ne comprends pas tout ce qu'il dit, mais il est gentil avec nous.

La voix d'une soignante se rapprochant dans le couloir fait sursauter Mélanie qui, sans réfléchir, s'accapare ce précieux carnet en le glissant sous sa blouse de travail. Elle ne peut s'empêcher de poser son regard sur Léon, qui à son tour la regardait fixement, inhabituellement silencieux. Mélanie termine sa tâche quelque peu chamboulée par ce qu'elle venait de découvrir. La journée de travail terminée, Mélanie n'a qu'une hâte, celle de rentrer dans son minable studio, afin de pouvoir continuer sa lecture, curieuse de ce qu'elle va y découvrir. Tellement hâte qu'elle ne prête même pas attention à Enzo qui tente de l'interpeller sur le parking, histoire de faire un petit peu mieux connaissance. Cela s'appelle se prendre une veste !

Emmitouflée dans un plaid en polaire rose vieilli, sur ce qui lui sert de canapé, une tasse de thé noir bien chaud et réconfortant à la main, la voilà prête et surtout impatiente de découvrir la suite de ce qu'elle a commencé à lire. Certes, un moment de honte lui traverse l'esprit. Elle s'est permis un acte de curiosité qu'il ne faudrait absolument pas avouer auprès de ses collègues, elle en a conscience. Mais ce fut plus fort qu'elle, elle qui aime tant s'imaginer des histoires. Et puis ce n'est sûrement pas ce vieil homme gémissant qui la dénoncera, tant il en serait incapable. Du coup Mélanie pense à Léon, le revoit recroquevillé dans son lit. Elle repense à ce regard, vide, mais à la fois insistant. C'est vrai qu'il n'avait point exprimé de plainte ou de gémissement lorsqu'elle découvrit ce petit carnet. Elle se rassure en se disant qu'elle n'a finalement rien commis de mal puisque c'était indéniablement une façon pour lui d'acquiescer le geste de Mélanie ! Et de penser cela, effectivement, ce moment de honte est vite passé à la trappe…

Aujourd'hui il fait chaud, très chaud. Avec Emilie nous décidons d'aller faire trempette à l'étang, maman est d'accord. Elle préfère rester à l'ombre à l'intérieur de la maison avec Klaus. Du coup j'ai pu voir sur des papiers près de son portefeuille posés sur le bahut de maman, comment cela s'écrit et surtout comment il s'appelle vraiment. Et il s'appelle donc Klaus Müller, mais je ne sais pas si je le prononce correctement... Avec son accent, je ne comprends pas toujours très bien. Je pense qu'ils sont contents de se retrouver un peu seuls et de se reposer pendant qu'Emilie et moi nous nous amusons à l'étang. Et je suis tellement content de pouvoir écrire tout ça. Cela m'évade et me procure une agréable sensation.

Mélanie s'arrête, étonnée. Elle se dit que ce n'est presque pas possible que ce soit la même personne ! Un petit garçon jovial qui chérit l'écriture et un vieillard plaintif et sauvage. Mais pas de doute, il s'agit forcément de Léon. Mélanie replonge intensément dans sa lecture…

En allant à l'étang, j'ai croisé le facteur sur son vélo. M. Bouvier. Je ne l'aime pas beaucoup, il ne nous dit jamais bonjour. Je n'aime pas non plus son regard qu'il a sur nous et surtout sa façon de faire. Il est malpoli. Quand il apporte du courrier à maman, il a toujours tendance à guetter par la fenêtre, en douce, comme pour espionner avant de s'annoncer. Je l'ai déjà surpris. Et je pense que c'est aussi pour cela qu'il ne m'aime pas. Cela ne se fait pas de regarder chez les gens. Mais je pense que maman non plus ne l'apprécie pas. Un jour, il était venu déposer du courrier que maman devait signer. Il est entré dans la cuisine. Il était midi, nous étions déjà attablés. Klaus s'est levé pour aller dans la pièce d'à côté et j'ai vu le visage de maman se durcir, personne ne parlait, ou très peu. Elle ne devait pas être contente après M. Bouvier, elle aussi !

Sans se rendre compte des heures qui s'écoulent, Mélanie dévore les écrits de Léon. De ce journal intime, ce carnet de bord comme elle aime penser, émanent les débuts d'une vie d'adolescent d'après-guerre, il est très franchement tard et Mélanie doit dormir sinon la journée de demain risque d'être harassante. Elle se couche, mais sait qu'elle ne trouvera pas le sommeil aussi aisément. Elle ne peut s'empêcher de penser à ce qu'elle venait de lire, et donc d'apprendre de ce vieillard. Elle ne peut s'empêcher de l'imaginer, jeune garçon. Elle ne peut s'empêcher de faire voyager son esprit…

De retour à la réalité, tout au moins à l'EHPAD, Mélanie semble errer dans le couloir, nonchalante, son petit chariot de ménage au bout des bras, qu'elle pousse comme un caddie de supermarché. À l'approche de la chambre de Léon, elle est prise d'une idée subite, celle de venir le voir et de lui parler. De lui avouer ce qu'elle a fait et ce qu'elle a découvert de lui. Elle ne cherche pas le contact, c'était sa condition, mais elle éprouve des remords en considérant qu'elle a malgré tout violé l'intimité de ce vieil homme. Pour autant, Mélanie a toujours en sa possession ce précieux carnet. C'est plus fort qu'elle. Dans cette absurdité du quotidien, elle s'évade, elle entretient son imagination. Elle se sentirait presque chargée d'une mission, mais n'a pas encore compris laquelle. Bref ! Mélanie s'avance dans la chambre dont la porte était déjà ouverte. Léon semble s'être assoupi. Elle s'approche encore, et encore. Elle ne l'avait jamais vu d'aussi près, jusqu'à cet instant. Mélanie l'observe discrètement. Elle desselle dans son visage aux milliers de rides, des traits de souffrance. Ses yeux clos, mais larmoyants, et son teint fantomatique, son corps rétréci, recroquevillé comme emmêlé dans les draps blancs, effraient Mélanie qui préfère s'enfuir en douce. De toute façon, qu'aurait-il compris, se dit-elle ? Et puis on ne réveille pas un vieux qui dort… Décontenancée, elle croise Enzo en sortant de la chambre. Ce dernier s'aperçoit rapidement que Mélanie est perturbée, la sentant davantage déconcentrée, et va profiter de ce moment pour, enfin, attirer son attention. C'est donc tout naturellement qu'il lui demande, faussement inquiet, si elle se sent bien. S'engage alors entre les deux une conversation des plus banales, mais cette fois-ci Enzo est déterminé, ravi d'avoir pu obtenir un semblant d'intérêt de la part de Mélanie. Il lui propose d'aller boire un verre à la débauche, ce qu'acquiesce, sans grande conviction, Mélanie qui se dit qu'après ce passage dans la chambre de Léon, pourquoi pas !

Le lieu est choisi. Ce sera le bistrot le plus proche de l'EHPAD. Mélanie ne souhaite pas particulièrement se rendre chez Enzo et encore moins l'inviter chez elle. Elle reste cependant méfiante. Sur place, c'est Enzo qui mène la conversation. Sa maladresse envers la gent féminine cache surtout une timidité mal placée. Du coup il a tendance à mettre ses frasques en avant, à se donner une image de vainqueur. Mélanie écoute sans écouter… Ses pensées se mélangent. Tantôt elle sourit de façon ironique à ce que lui raconte Enzo, tantôt son esprit s'évade en songeant à Léon. À peine le temps, à son tour, de lui faire un résumé de sa propre vie et d'avaler la dernière gorgée de Virgin Mojito (elle s'est fait plaisir puisque c'est Enzo qui l'invite !) que Mélanie coupe court à la discussion prétextant un rendez-vous factice. Elle n'a surtout qu'une hâte : rentrer chez elle, se poser et replonger dans les écrits de Léon.

Aujourd'hui, en rentrant de l'école, Klaus et maman semblaient soucieux. Klaus était énervé, il parlait dans sa langue et ses mots paraissaient agressifs. J'essayais de comprendre et je lui ai demandé ce qu'il y avait, mais je n'ai rien compris de ce qu'il m'a dit ! Il m'a pris le visage entre ses deux mains, me serrant les joues, et m'a baragouiné des mots dans sa langue, des mots exprimant à la fois une colère et une peur... Mais pourquoi ? Cette agitation a fait naître dans la maison une ambiance tendue. Du coup Emilie s'est mise à pleurer, maman semblait abattue. Mais rien, ils ne nous ont rien expliqué. Je sens bien qu'il se passe quelque chose de pas très catholique, ou alors qu'il va se passer un nouveau malheur... Le repas fut expéditif et maman nous a sommés d'aller nous coucher assez rapidement. Comment puis-je trouver le sommeil avec toutes ces questions qui me hantent l'esprit ? Pourquoi Klaus est si tendu et énervé ? Pourquoi maman est si mal et en colère ? Que va-t-il se passer ?

Il est tard. Mélanie referme le journal à cet instant. Après extinction des feux, elle s'installe dans son lit de façon à contempler la nuit à travers la petite fenêtre de toit de son studio. Tout semble calme. Mélanie est apaisée. Elle aime dévorer les écrits de Léon, découvrir cette vie d'adolescent d'un autre temps. Elle s'est arrêtée de lire ce soir à cet instant, comme pour avoir le plaisir de ressentir la hâte du lendemain d'en connaître la suite, la raison de ce climat tourmenté qu'a évoqué Léon. Mélanie ferme les yeux, se perd doucement dans ses pensées qui, bien évidemment, vont vers ce jeune Léon. Se prendrait-elle d'affection pour lui ? Petit à petit et inconsciemment, elle va surtout se rendre compte que ce « monstre » de vieillard n'a pas été qu'un vieillard et qu'avant cela, il avait une vie, une vraie vie...

Mélanie est réveillée par le bruit d'une pluie battante qui claque sur la fenêtre. L'ambiance est à la grisaille. La motivation également… Mais pas le choix. Un café, une cigarette, une douche et c'est parti pour un autre rituel quotidien : l'EHPAD, le petit chariot de ménage et les vieillards. Sur place, elle retrouve quelques collègues, plutôt sympathiques même si Mélanie ne cherche pas particulièrement à tisser des liens fraternels, puisqu'il s'agit pour elle d'un simple passage assez bref dans cet univers. Elle va croiser Enzo, dont le sourire à l'égard de Mélanie la fait un tantinet rougir. Elle lui répond finalement par un sourire quelque peu gêné. Ces deux-là n'auront de cesse au cours de la journée de se chercher du regard dans les couloirs et les lieux communs, de se sourire avec parfois un petit rire maladroit, Enzo tentant même quelques petits clins d'œil qu'il croit ravageurs. Mélanie se sent flotter aujourd'hui… Mais les cris de Léon, qui d'un coup résonnent bien distinctement dans ces couloirs, font tressaillir Mélanie. Elle a même le sentiment de vivre ses cris déchirants tant elle a l'impression de vivre désormais aux côtés du jeune Léon. Et de commencer à s'intéresser davantage à lui, enfin à sa vie. Sa vie d'avant…

Au moment de la pause entre collègues, Mélanie interroge d'abord de façon informelle une agente de service, sur le cas « Léon ». Dans l'échange avec cette collègue, elle va essayer de connaître les antécédents de Léon, pourquoi crie-t-il toujours de la sorte, est-ce de la douleur, est-ce un monstre… ? Sa collègue lui fera des réponses assez floues, voire ironiques, du genre : « il n'a peut-être pas envie qu'on voie son anatomie (rire moqueur) ! Et sûrement qu'il a toujours été comme ça, ça devait être un homme méchant avec les femmes…. Moi je dis qu'il a le retour de bâton ! ». Mélanie affiche un sourire gêné aux dires de sa consœur, mais n'en est pas moins intriguée. Comment ce jeune adolescent sensible aurait-il pu devenir cet ignoble vieillard ? Et puis non, elle ne veut pas se soumettre à des raccourcis infondés. Il y a forcément d'autres raisons. Sa collègue lui explique que de toute façon, à leur niveau d'agent de service, les informations sur la vie des résidents n'arrivent que très rarement jusqu'à leurs oreilles. Les dossiers sont rangés bien à l'abri, dans la salle de soins et il n'y a que le personnel soignant qui y a accès. Mélanie se rend compte qu'on a tendance à interpréter, peut-être trop hâtivement, et surtout très maladroitement, le comportement des vieillards, sans penser qu'effectivement, avant, ils avaient une vie !

Mélanie se sent ainsi chargée d'une nouvelle mission, celle de découvrir qui est Léon, pourquoi est-il dans cet état ? Peut-être qu'à la lecture de son journal en aval, et la recherche d'éléments de sa vie le concernant en amont, Mélanie percera le mystère « Léon ». Pour cela, elle se dit qu'il faudrait sympathiser plus étroitement avec une soignante, qui pourra l'aiguiller. Mais en attendant, il est l'heure de se libérer de son labeur journalier. Cette fin de journée semble être pleine de questions. Et que va-t-elle découvrir qui fait suite à ce climat tourmenté évoqué par Léon dans son carnet ? Finalement, ce travail imposé par la vie lui procure une petite satisfaction. Par le biais de ce petit carnet de route, elle y trouve une échappatoire et par la même occasion se sent investie d'une démarche qui pourrait changer quelque chose, sans trop savoir quoi… et pour qui ? Mais avant de s'engouffrer dans sa fervente lecture, Mélanie s'en va retrouver Enzo dans le même bistrot que la dernière fois. Elle est pour le coup d'humeur conquérante et se dit cette fois-ci, pourquoi pas ! Ainsi ces deux jeunes-là se rapprochent timidement, mais ne tardent pas à s'échanger quelques baisers. Cependant Mélanie ne souhaite pas aller trop vite et décide pour elle qu'il est temps de retrouver son piètre logis…

Aujourd'hui le ciel est gris, et le vent chaud. Le temps est à l'orage. Je suis assis là, au pied de mon bel arbre, mon majestueux saule qui borde l'étang. Cela m'apaise. Du moins j'essaie. Ce matin, quand on s'est levé Emilie et moi, maman était seule dans la cuisine, assise, le visage fermé. On a deviné qu'elle venait de pleurer, mais elle est restée silencieuse. J'ai regardé dans toutes les pièces, et même dehors, mais Klaus n'est nulle part. Il est parti. Il n'y a plus d'affaire à lui. Maman ne veut pas me dire ce qu'il s'est passé et me répond qu'il ne faut pas s'en faire et qu'il faut prier que tout aille bien. Je vois bien qu'elle n'est pas sereine. Au fond de moi je revis le moment où M. Bouvier est venu lui apporter une lettre annonçant que papa ne reviendrait plus. Donc difficile d'être apaisé quand on a un pressentiment.

Mélanie interrompt un court instant sa lecture et regarde par sa fenêtre de toit la nuit tombante. L'entrain de fin de journée qu'elle éprouvait grâce au doux moment passé avec Enzo, mêlé d'impatience de retrouver le jeune Léon, s'efface pour laisser place à une inquiétude qu'elle pourrait elle aussi définir comme un pressentiment. Mélanie replonge dans le récit de Léon, la boule au ventre.

L'orage gronde au loin. Il se rapproche. Je suis rentré à la maison avec l'espoir d'y retrouver Klaus, aux côtés de maman, mais au lieu de ça, c'est M. Bouvier qui a remis une nouvelle lettre à maman. J'avais ce pressentiment. Revivre cet instant où tout bascule, où l'on apprend une mauvaise nouvelle, la mauvaise nouvelle qui change la vie à tout jamais. Et vu la réaction de maman, je sais que c'est une mauvaise nouvelle. Elle veut nous épargner, je le sais. Depuis le départ de Klaus pour je ne sais où, maman semble perdue. Mais pourquoi est-il parti ? Pourquoi cette colère ? Qu'y avait-il dans cette lettre ? ... L'orage est là. Ma petite sœur n'est pas très rassurée. Elle s'est réfugiée dans les bras de maman. Moi je n'ai pas peur, j'ai toujours trouvé ça beau, l'orage. Les éclairs sont toujours impressionnants. Mais pour une fois maman ne semble pas rassurée non plus... elle pleure doucement, serrant Emilie contre elle. Je ne comprends plus rien. Que va-t-il donc se passer demain ?

Mais la fatigue se fait sentir sérieusement…

6 h 30, l'alarme du téléphone fait sursauter Mélanie qui peine à se réveiller. Complètement hagarde, elle essaie de comprendre ce qu'il se passe, pendant quelques secondes. Puis tout devient plus fluide : elle s'est littéralement endormie sur les récits de Léon sans avoir apparemment pu atteindre ce qui l'inquiète à ce point, découvrant le carnet posé ouvert à l'envers sur sa poitrine. Elle comprend qu'elle continuera la suite plus tard, en espérant, non sans une certaine appréhension, avoir une réponse à ce malaise. Pour l'instant, il faut se hâter. Une nouvelle

journée de labeur va commencer. Mélanie, qui s'est rapprochée plus intimement d'Enzo, ressent l'envie et le besoin de lui avouer son geste. De lui avouer qu'elle a maladroitement chapardé ce petit carnet qui finalement contient un véritable trésor d'histoire, qui la bouleverse.

Cette journée de travail ressemble à beaucoup d'autres, rien de plus excitant et rien de moins déprimant. Juste ce petit passage dans la chambre de Léon, que Mélanie a pris maintenant l'habitude de faire. Il semblerait que ce soit plus fort qu'elle. Sans un mot, sans parler, juste un regard parfois échangé avec Léon qui, à chaque passage de Mélanie, reste étrangement silencieux. La fin de journée semblerait plus enjouée. Mélanie a le sourire, elle s'en va retrouver Enzo dans ce fameux petit bistrot du coin de la rue. Les moments qu'elle vit avec ce jeune garçon farfelu lui paraissent de plus en plus agréables. Mélanie se surprend même à avoir du désir pour lui. Finalement, il faut dire qu'Enzo arrive à la faire rire avec son attitude de faux macho. Est-ce cela qui lui procure ce désir ? Mélanie n'a plus envie de réfléchir, mais de vivre cet instant de bonheur, pour oublier les instants de morosité ambiante. Elle lui propose de finir ce début de soirée chez elle, en le prévenant bien qu'il ne s'agit point d'un palace. Enzo acquiesce avec un plaisir non dissimulé !

Il se dégage dans son petit meublé une moiteur à faire rougir les amoureux du Titanic, n'en souhaitant pas la même destinée tragique… Bref, ce fut un réel moment de communion intime, un rapprochement physique intense, un corps à cœur magique. Allongé côte à côte, transpirant, mais satisfait, le nouveau couple plus « officiel » reprend ses esprits. Regardant tous les deux dans la même direction, c'est-à-dire la fenêtre de toit, ils sourient. Mélanie sent que ce moment est propice aux confidences. Elle commence par évoquer certaines collègues, non sans moquerie, histoire d'amorcer le sujet, pour dévier doucement sur les comportements parfois involontairement amusants de certains résidents. Puis elle hésite, et se lance. Elle lui parle de Léon, lui dit que ce vieillard l'a interpellée par sa façon d'être et de se faire surtout entendre. Enzo comprend, et rajoute même qu'il le comparerait presque à un animal sauvage. Mais sur cela, Mélanie rétorque qu'il n'a pas toujours été cet être repoussant. Elle lui avoue ainsi être tombée complètement par hasard, lors d'un jour de grand ménage, sur un journal intime lui appartenant. Elle lui avoue aussi se l'être approprié sans demander la permission. Elle lui explique qu'elle a découvert un jeune garçon intéressant, plein de vie. Elle raconte qu'elle a aimé se plonger dans sa vie d'adolescent d'après-guerre, qu'elle découvre une facette de ce vieillard qu'on ne soupçonne absolument pas. Elle conclut en lui disant qu'elle a toujours hâte de connaître la suite de chaque récit et qu'elle s'en émeut à chaque fois.

Enzo, qui donne le sentiment d'être très attentif aux confidences de Mélanie, ressent surtout une grande fatigue, car il se fait tard. Il n'a finalement que très peu de réactions vis-à-vis de l'illicite emprunt avoué, si ce n'est d'essayer de rassurer Mélanie sur le fait que son geste n'a rien d'incriminant et que Léon est a priori dans l'incapacité de dénoncer. Fatigue ou désobligeance, Enzo se montre peu empathique envers Léon. Mais tous les deux vont s'endormir doucement, enlacés, mais éreintés. En fermant les yeux, Mélanie pense à la suite redoutée du récit de Léon, qu'elle n'a pas pu lire ce soir, mais sourit à l'agréable étreinte qu'elle vient de vivre avec Enzo.

Nouvelle journée de travail. Toujours à peu près la même à l'exception du fait qu'ils étaient deux ce matin à se préparer chez Mélanie. Elle apprécie sincèrement, mais sait déjà qu'elle voudra se retrouver seule ce soir. Elle aimerait tant connaître la suite du récit. D'autant qu'elle pressent depuis un moment quelque chose de malaisant. Il faut donc en découdre ! Ainsi les heures s'écoulent, les amoureux se croisent ici et là, se jetant quelques œillades dégoulinantes de connivence et de séduction… Mais ça y est, il est l'heure de passer à autre chose. Mélanie n'a plus qu'une seule hâte à ce moment, retrouver les récits de Léon pour, enfin, en connaître cette mystérieuse suite.

Me voilà caché dans le grenier. J'ai peur. Je ne sais plus vers qui me retourner. J'ai peur parce que je ne connais pas la suite de ce qui est arrivé tout à l'heure. Je suis triste et je ne comprends pas pourquoi on peut faire du mal aux gens à ce point. Deux hommes et une femme nous ont réveillés ce matin très tôt, presque à l'aube. Les deux hommes, tyranniques, ont ordonné à maman de les suivre et cette horrible femme, très austère, a pris Emilie dans ses bras et moi, ma main qu'elle serrait de toutes ses forces au point que je ne sentais plus mes doigts, comme lorsqu'il gèle. Maman ne disait rien, le regard baissé. Elle semblait résignée et triste. Je ne la reconnaissais plus. Ces gens nous ont amenés à la gendarmerie. Il y avait plein de monde devant. Quand on est descendu de la fourgonnette, certains et certaines ont lâché des injures qui étaient destinées à maman. Et maman ne répondait pas. Je me sentais mal parce que je ne comprends pas pourquoi traiter ma douce maman de la sorte. Mais qu'avait-on à lui reprocher ? Je n'ose même pas les écrire ces mots d'injures, tellement ça fait mal. À l'intérieur de la gendarmerie, il y avait aussi d'autres femmes et des enfants. J'entends encore les pleurs qui envahissaient la pièce. Et je ne comprenais pas et je ne comprends toujours pas. Mais pourquoi ?? On nous a fait sortir, nous les enfants. Mais cette foule était effrayante. J'ai reconnu M. Bouvier, le facteur. Il discutait avec cette odieuse femme qui m'a écrasé les doigts. Je pense que ça devait être son épouse... ça ne m'étonne guère. Puis j'ai vu maman sortir, accompagnée de cinq autres femmes, certaines semblant très jeunes. À ce moment j'ai compris qu'on leur en voulait, mais d'avoir fait quoi ? Ma maman est la plus douce des mamans ! J'ai pensé à Klaus. Je lui en veux qu'il ne soit plus là. Il pourrait aider maman comme il le faisait auparavant. Il pourrait la sauver de cette situation. Mais où est-il à ce moment-là ?

Les hommes ont installé maman et les cinq autres femmes sur une charrette, comme pour les exposer à la foule, qui continuait à leur jeter des injures infâmes aux visages. Elles ne répondaient même pas, ne s'en défendaient même pas. Maman aurait commis un délit ? Un crime ? Après avoir prononcé quelques phrases, tel un tribunal, un homme est monté sur la charrette avec un ustensile dans la main et a commencé à leur tondre les cheveux ! C'était horrible de voir ça. Je ressentais la honte que ces femmes pouvaient avoir de se retrouver de la sorte. Derrière moi je pouvais entendre des femmes crier que c'est bien fait pour elles. La femme de M. Bouvier, qui avait toujours Emilie dans ses bras, la forçait à regarder. Je pouvais voir sa satisfaction de les voir se faire tondre. Ce fut au tour de maman, qui pleurait doucement, mais qui avait toujours le regard baissé. Un homme lui a violemment levé le menton en lui ordonnant de regarder la foule qui approuvait cette forme d'exécution. Lorsque la première grosse mèche de cheveux de maman tomba, voir sa magnifique chevelure réduite à néant me fut insupportable. Je me suis enfui. J'ai réussi à m'extraire des mains et des bras qui tentaient de me retenir. J'ai couru, couru, jusqu'à en sentir mon cœur battre dans tout mon corps ! J'ai pris les raccourcis que je connais à travers les bois et les champs. Je viens me cacher dans le grenier de la maison… parce que je n'ai nulle part où aller. Je pense à maman, ma douce maman. À ma petite sœur, Emilie. Et je pleure. J'ai mal dans le cœur… je pleure.

Mélanie, allongée sur son lit, est bouche bée, presque sous le choc de ce qu'elle vient de lire. Il est tard et ses yeux, quelque peu larmoyants, fatiguent. Elle referme et pose doucement le carnet, éteint la petite lampe de chevet et s'enfouit, remplie de stupeur, au fond de son lit, s'enroulant dans la couette comme apeurée par la nuit. Mélanie n'en revient pas. C'est à ce moment qu'elle réalise véritablement qu'on peut se faire de très fausses idées des vieillards. On a tendance à interpréter leurs agissements et leurs comportements par rapport à un instant du présent, par rapport à notre perception immédiate, sans pour le moins de monde penser qu'ils avaient une vie remplie. Remplie de joie, de tristesse, de bonheur, de malheur, de chamboulements positifs ou négatifs, et parfois de grandes souffrances et de grandes douleurs… Elle comprend à cet instant les cris de Léon. Mais le carnet n'est pas terminé et Mélanie appréhende déjà la suite.

Une nouvelle journée de travail commence et Mélanie pressent qu'elle n'aura pas la même dimension que toutes les autres auparavant. Sur le chemin de l'EHPAD, elle n'a de cesse d'imaginer le jeune Léon en plein désarroi, d'imaginer sa peine, sa douleur. Sur place, elle se sent obligée d'aller le voir. Bien sûr pas comme une simple visite, mais avec son petit chariot de ménage. Finalement, ce chariot va s'apparenter davantage à un complice, le partenaire parfait, permettant à Mélanie d'aller à sa guise dans le « quartier » de Léon, prétextant un ménage à faire. Subitement, elle deviendrait beaucoup plus rigoureuse et intéressée à ce niveau-là ! Bref Mélanie s'approche de la chambre de Léon. Elle ne sait pas réellement ce qu'elle a l'intention de lui dire, mais ressent le besoin de le voir, de croiser son regard. Une fois dans la chambre, effectivement Mélanie ne trouve pas les mots, mais leurs regards font plus que se croiser. Elle aimerait tant pouvoir lui dire qu'elle sait ce qu'il a vécu et qu'elle le voit différemment maintenant… Mais un silence étouffant envahit la chambre. La différence des autres jours, ce sont les minutes plus longues passées en face à face. Léon est plutôt calme et semble accepter ce regard de compassion qu'a Mélanie sur lui. En revanche, une fois quitté la chambre, Mélanie n'a pas su voir dans le regard de Léon ce qu'il a essayé de lui faire comprendre. Comme dans son petit carnet, on pouvait lire dans ses yeux : « Ce n'est que le début, la suite est pire… »

Plus tard, elle croise Enzo qui s'aperçoit assez vite que Mélanie semble perturbée par quelque chose. Alors il essaie de la distraire, tente un contact physique, comme pour se rassurer, aussi de son côté, qu'il lui plaît toujours autant. Mais Mélanie, qui accepte ses cajoleries et ses petits baisers furtifs, n'en est pas moins soucieuse. Enzo s'inquiète alors. Mélanie, en confiance, va lui parler de l'extrait du carnet de Léon qu'elle a lu hier soir et qui l'a bouleversé. Après réflexion, Mélanie se sent investie d'une mission, celle d'en savoir davantage sur la vie de Léon, d'où venait-il, quelle vie d'adulte a-t-il eue… ? En attendant, elle n'a, à nouveau, qu'une hâte, celle de découvrir, non sans appréhension, la suite. Et c'est sans peu d'hésitation qu'elle décline l'invitation d'Enzo à passer la soirée les deux ensembles. Enzo acquiesce cependant quelque peu vexé et semble ne pas comprendre cet engouement pour la vie d'un vieillard.

Dans le vestiaire, à la débauche, Mélanie se retrouve quelques minutes avec Marie, l'infirmière du service où se trouve Léon. Elles avaient déjà eu l'occasion d'échanger un peu quelques banalités lors des pauses entre équipes ou en se croisant dans les couloirs, chacune à sa tâche qui lui est référée. C'est l'occasion d'un nouveau bavardage. Mélanie en profite pour essayer d'obtenir quelques brides de renseignements sur Léon, en jouant sur le fait que c'est un vieillard qui interpelle et qui pourrait faire peur, sur le ton de la moquerie. Marie lui explique brièvement qu'effectivement Léon peut faire peur, que c'est véritablement compliqué de s'occuper de lui, car il est beaucoup dans le refus de soins par des gestes d'opposition, qu'elle apparente davantage à de la défense qu'à de l'agressivité gratuite. Elle lui avoue également qu'avant d'arriver à l'EHPAD, Léon se trouvait hospitalisé dans un service de psychiatrie de la ville depuis de nombreuses années, ce qui pourrait expliquer son état aujourd'hui. Puis sur ces quelques paroles, Marie s'en va, souhaitant à Mélanie une excellente soirée, suivi d'un petit clin d'œil qui pourrait faire écho à la relation qu'à Mélanie avec Enzo, avant de fermer la porte du vestiaire. Mélanie, pensive, ne sait pas si elle va passer une excellente soirée, mais se presse de se changer afin de rentrer au plus vite pour continuer sa lecture si intense en émotions.

Une fois rentrée chez elle, Mélanie s'attarde d'abord à faire quelques recherches via internet. Cette histoire de femmes tondues d'après-guerre, en public, la questionne. Elle va trouver des articles qui mentionnent bien ces évènements marquants et ça lui glace le sang : « Les tondues de la Libération

Les tondues les plus connues sont celles des pays d'Europe occidentale, à la fin de la Seconde Guerre mondiale, dès avant la période de la Libération et jusqu'à la fin de la guerre. La tonte est la sanction la plus courante contre les femmes ayant eu des relations sexuelles, amicales ou professionnelles avec l'occupant, mais pas la seule. Outre qu'elles sont traînées parfois nues dans les rues, nombre de femmes, tondues ou pas, sont exécutées. »

Après avoir épluché quelques articles concernant cet épisode noir de l'Histoire, et quelque peu choquée, il faut le dire, Mélanie s'installe à son accoutumée pour continuer la lecture du carnet de Léon. De cette période sombre d'après-guerre, elle a également une pensée pour ses parents, en faisant un nouveau raccourci de ce que peut être… une boucherie !

Quand je me suis réveillé, il n'y avait pas un bruit dans la maison. Il n'y avait personne même. Maman n'était pas rentrée. Je ne sais pas ce qu'il s'est passé cette nuit. Je ne sais pas où ma petite sœur a dormi. Je suis descendu de ma cachette et je suis sorti. Le temps est toujours lourd et orageux. Je n'ai même pas faim. Je suis allé me poser au bord de l'étang pour essayer de comprendre ce que j'ai vu, et en attendant le retour de maman avec Emilie. Le vent chaud me caressait le visage, mais là sous mon saule, je n'arrivais pas à m'apaiser. Je n'avais qu'une hâte : qu'elles reviennent. Où peuvent-elles bien être ? Où ont-elles passé la nuit ? Comme les heures passaient et que je ne voyais personne revenir, je m'inquiétais. J'ai donc décidé de revenir au village pour les retrouver, en espérant qu'elles y soient. Malheureusement, en m'y approchant, je me suis fait surprendre par Mr Bouvier qui a réussi à m'agripper par le col de ma chemise et me criait dessus ! Il m'a dit que pendant que ma mère était restée à la gendarmerie, il m'avait cherché partout avec d'autres gars du village. Du coup, il m'y a amené de force en me traitant de petit vaurien, que je ne valais pas mieux que ma mère... [une putain de collabo qui couchait avec l'ennemi]. Ses mots m'ont retourné le ventre. J'ai eu peur. Quand on est arrivé à la gendarmerie, il y avait encore des gens qui s'agitaient. J'ai pu retrouver maman. Elle était assise dans une cellule avec les autres femmes. Leurs visages étaient tristes et maman semblait complètement absente. Elle ne me voyait même pas. Cela m'a trop fait mal de la voir dans cet état-là, sans sa longue chevelure dorée. Ce n'était plus la même. Du coup je me suis retrouvé à attendre dans une autre pièce, avec d'autres enfants, dont certains que je connais de l'école. Jacqueline, une camarade, m'a raconté, en pleurs, qu'après leur avoir tondu les cheveux, les villageois ont décidé d'exhiber nos mères complètement nues aux yeux de tous. Elle m'a expliqué que les villageois leur hurlaient dessus la honte qu'elles représentaient pour notre pays. Parce qu'elles s'étaient rapprochées de près ou de loin de l'ennemi, de l'Allemand... À ce moment mes pensées vont vers Klaus, qui a littéralement disparu. A-t-il été aussi la proie de la fureur des gens ? Et puis imaginer ma douce maman mise à nue devant tout le monde tel un pauvre petit animal sans défense m'a fendu le cœur. Et Emilie dans tout ça ? Elle n'était pas avec nous dans la pièce. J'espère qu'elle n'a pas vu tout ça... Et puis on nous a sortis, une camionnette attendait devant la gendarmerie. Les femmes et maman sont sorties et certaines ont été installées de force dans cette camionnette. Il y avait beaucoup de cris et de pleurs. Je ne comprenais pas vraiment ce qui allait se passer. Les autres ont eu ordre de déguerpir et par chance, maman en faisait partie. C'est à ce moment-là que Mme Bouvier est arrivée de nulle part avec ma petite sœur dans les bras. Après un temps d'hésitation, elle remit Emilie dans les bras de maman et nous a ordonné de vite partir d'ici. Maman s'est effondrée en larmes... Nous sommes rentrés tous les trois à la maison, sans dire un mot. Je sentais qu'il ne fallait pas poser de question. Elle était déjà si mal que je ne voulais pas en rajouter. Elle faisait comme si rien ne s'était passé, s'est mise à nous préparer un repas... Puis elle est partie s'allonger. Je pense qu'elle n'avait rien dormi la nuit dernière. Et moi je suis là, allongé sous mon saule. Même si l'heure est à l'apaisement, celles d'avant furent d'une violence inouïe pour nous, d'une violence inoubliable...

Mélanie arrive à l'EHPAD jusque tard dans la nuit, encore un peu étourdie par ce qu'elle a lu hier soir. Les écrits de Léon la bouleversent au point qu'elle se sent changée. Elle pense différemment. Lorsqu'elle compare, de façon plus ou moins consciente, sa propre vie aux débuts de vie de Léon, elle ne peut s'empêcher de relativiser. Finalement, pousser nonchalamment un chariot de ménage dans les méandres sans fin d'un hospice qui sent la mort afin d'essayer de gagner sa croûte, ou peut-être finir derrière des étals de cochonnailles et autres barbaques, vêtue d'un tablier blanc tout en esquissant un sourire commercial, ce n'est rien à côté de ce qu'a pu vivre le jeune Léon. Elle ose espérer que la suite de ses écrits soit plus sereine...

De réfléchir à tout ça lui donnerait presque une sensation de vertige. Mélanie a besoin de réconfort et cherche discrètement Enzo dans la structure. Elle voudrait également s'excuser auprès de lui d'avoir décliné son invitation à se retrouver en amoureux. Sa recherche est effectivement tellement discrète qu'elle le surprend, cachée à l'angle d'une porte de chambre, en train de bavarder joyeusement avec Marie, l'infirmière du service. D'où elle est, elle ne peut pas entendre ce qu'ils se disent, mais comprend, à l'attitude d'Enzo, qu'il s'agirait d'une sorte de parade nuptiale très maladroite. Mélanie est prête à bondir de sa cachette, mais son élan est stoppé lorsqu'elle les voit s'éloigner tous les deux pour s'enfermer dans le bureau des infirmières, Marie ayant pris le soin de vérifier juste avant de fermer la porte qu'il n'y ait personne dans les parages. Mélanie s'en trouve estomaquée… Et retourne à ses tâches ménagères quelque peu déstabilisée et surtout complètement blasée. Elle décide donc d'essayer de quitter l'EHPAD en fin de journée un peu avant les autres, afin de ne pas devoir tomber sur Marie, et encore moins sur Enzo. Elle est moralement fatiguée et n'aura pas la force d'être dans des explications, quelles qu'elles soient.

Sur le chemin du retour, Enzo tente d'appeler Mélanie sur son portable. Attristée, elle ne répond pas. Il n'aura d'ailleurs de cesse d'essayer de l'appeler, et d'envoyer des messages, mais en vain. Ce soir-là, Mélanie ne se sent pas l'âme d'une guerrière vengeresse à vouloir en découdre et coupe son téléphone. Dans sa bulle, elle va préférer, après s'être à nouveau installée confortablement emmitouflée dans son épaisse couette, se plonger dans la suite du journal de Léon, pensant s'évader un peu afin d'oublier, l'espace d'une soirée, cette morose journée. Déterminée, elle décide également de se mettre tout prochainement en recherche des informations concernant la vie de Léon et commencera par rendre une visite, qu'elle ignore encore de quelle façon, à l'Hôpital Psychiatrique où Léon a séjourné avant d'arriver à l'EHPAD.

Les étés se suivent, mais ne se ressemblent pas. Cet été qui commençait pourtant sous d'heureux auspices, avec maman, Klaus et ma petite sœur chérie, est devenu un été noir. Je vais me rappeler ma douzième année toute ma vie. Cette nuit fut cauchemardesque. Du moins j'aurais préféré faire un cauchemar et que ce ne soit pas réel. Tard dans la nuit, quelqu'un est venu frapper de façon insistante à la porte de la maison. Quand maman s'est levée pour aller ouvrir, trois hommes l'ont bousculée pour rentrer de force. Ce vacarme m'a réveillé. Je me suis ainsi posté, recroquevillé, en haut des escaliers. J'ai quasi tout vu... Sauf leurs visages, cachés sous des bérets noirs. Je sentais bien qu'ils voulaient faire du mal à ma pauvre maman, qui était déjà si mal. Ils la violentaient, la poussaient chacun contre l'autre en essayant de la déshabiller. Ma maman les suppliait. Je les ai entendus dire qu'elle avait bien dit oui à l'ennemi et qu'ainsi ne devait avoir peur de rien, et que ce n'est pas un moment avec trois Français qui devrait la traumatiser... Ils l'ont conduite de force dans sa chambre. Et c'est à ce moment que j'ai entendu les bruits des habits déchirés, des claques qu'ils lui infligeaient, des plaintes de maman étouffées par les gémissements d'hommes. Tout se mélangeait dans mon esprit. Je me suis bouché les oreilles et discrètement je suis remonté dans la chambre. J'ai réveillé Emilie en lui mettant la main sur la bouche pour ne pas que nous nous fassions remarquer par ces trois tortionnaires. Par mon regard j'ai essayé de la rassurer, mais elle avait bien entendu les bruits en bas. Je lui ai dit qu'il fallait qu'on se cache... que maman s'occupait de tout. On s'est glissé sous un lit, et tout en pleurant, j'ai posé mes mains sur ses oreilles, pour qu'elle ne vive pas ce moment. J'ai cru que ça n'allait jamais s'arrêter. Quand on s'est réveillé, tous les deux allongés sous mon lit, à même le parquet, tout était calme. Je suis d'abord descendu seul et j'ai retrouvé maman dans sa chambre complètement terrorisée, au sol, repliée sur elle-même, pleine de bleus sur les bras, le nez sanguinolent, les yeux gonflés de coups, et de sang... Ma petite maman chérie... C'est horrible de la voir dans cet état. J'ai l'impression que ce n'est plus la même. Elle ne parle plus. Je lui ai proposé de venir se poser à mes côtés au bord de l'étang, mais elle a préféré s'enfermer dans sa chambre. Elle y est depuis des heures. Tout ce malheur doit beaucoup la fatiguer. Je vais faire en sorte qu'elle se repose afin de reprendre des forces pour pouvoir oublier le mal qu'on lui a fait, et je vais m'occuper d'Emilie, je suis son grand frère.

Je vous implore mon Dieu si tant vous existez ! Je suis anéanti ! Maman n'est plus... Des heures qu'elle restait dans sa chambre, au bout d'un moment je m'en suis inquiété d'autant qu'elle n'a pas soupé avec nous. Des heures durant à me poser des questions. Je ne trouvais pas cela normal alors je suis allé voir et je l'ai retrouvée allongée dans son lit, la croyant encore endormie. Elle avait le teint très pâle et les doigts violacés. En m'approchant, j'ai découvert un très large rond de sang qui tachait son drap sur le haut de ses jambes... Elle ne respirait plus ! La panique me prit, puis les pleurs et les cris, puis la colère... C'était l'incompréhension totale. Je n'arrive toujours pas à croire qu'elle soit morte. Mais qu'avons-nous fait de si mal pour que le malheur s'acharne sur nous de la sorte ? Je suis sorti de la maison en courant, oubliant un instant Emilie. Il me fallait de l'aide, il me fallait chercher quelqu'un... J'ai couru de toutes mes forces et quand je suis arrivé dans les rues du village, j'ai crié à l'aide. On est venu vers moi, et très vite il y eut un attroupement. Complètement essoufflé, et en pleurs, j'avais peine à hurler ma douleur d'annoncer la mort de ma mère. Mais certains ont compris et ont couru jusqu'à la maison. J'ai eu beaucoup de mal à les suivre, et à les rejoindre. J'avais mal, j'étais mal... Sur place, il y avait quelques personnes, dont le docteur Berger. Les Bouviers étaient là également. Emilie, qui pleurait, était dans les bras de Mme Bouvier. Je ne comprenais pas tout ce qu'il se disait autour du lit de maman, mais on m'a ordonné de sortir de sa chambre et docteur Berger a fermé la porte. Après un assez long moment, le docteur est sorti et a prononcé un mot que je ne connais pas, mais que j'ai bien retenu : une hémorragie (je ne sais pas comment cela s'écrit). Je l'ai retenu, car dans ce mot il y a mort donc je suppose que c'est une maladie qui donne la mort. J'ai pensé que c'était certainement à cause de ces trois agresseurs de la nuit dernière, qui lui ont filé cette foutue maladie qui l'a tuée. Dans la colère j'ai voulu dénoncer ce qui était arrivé à maman, mais on m'a ordonné de me taire, M. Bouvier m'a violemment bâillonné la bouche avec ses grosses mains rugueuses. Je n'avais qu'une envie, le mordre ! Et Mme Bouvier, sur un ton méprisant, s'est demandé à voix haute ce qu'on allait faire de nous. J'ai réussi à me défaire des griffes de ce monstrueux facteur, j'ai pu saisir mon petit carnet et j'ai couru jusqu'à l'étang. Caché entre les roseaux, étouffé par le souffle du vent dans les feuillages, je pleure, j'ai mal et je suis malheureux…

Le réveil de Mélanie fut laborieux. Son thé du matin n'avait pas la même saveur. Mélanie est encore abasourdie par ce qu'elle a lu cette nuit. Elle finit par éprouver de l'empathie à l'égard de Léon, elle comprend ses cris de douleurs. Aujourd'hui c'est samedi et Mélanie ne travaille pas. Un coup d'œil à son téléphone… ce n'est pas moins qu'une dizaine d'appels et deux messages, tous de la part d'Enzo, qui s'affichent en notifications. Toujours aussi blasée et déçue, elle décide de ne pas y donner suite, tant pis pour lui. C'est aussi ce qui l'a fait se décider à entreprendre finalement ses premières recherches sur le passé de Léon, notamment à commencer par une visite à l'Hôpital Psychiatrique du secteur.

La voilà enfin arrivée devant l'immense bâtiment. Rien à voir avec le petit EHPAD où se trouve Léon. L'endroit n'est pas spécialement glauque comme elle se l'imaginait, avec des murs hauts et sombres ou des fenêtres à barreaux… Un agréable parc paysagé agrémente l'entrée du site, ce qui apporte à la « devanture » une touche bucolique. Cependant Mélanie hésite. Elle sent son cœur battre un peu plus fort, que d'ordinaire, dans sa poitrine. Le souvenir de son premier jour à l'EHPAD lui revint à l'esprit, son hésitation, sa résignation… Mais cette fois-ci, l'enjeu est autre et Mélanie semble plus déterminée. Elle n'a vraisemblablement pas trop réfléchi à comment elle va se présenter ou expliquer sa démarche. Mais qu'importe, elle improvisera. Elle n'a rien à perdre, juste la possibilité d'apporter des éléments susceptibles de comprendre le comportement de ce pauvre vieillard souffrant.

Une fois passée les portes d'entrée, elle s'aperçoit avec soulagement qu'il n'y a personne à l'accueil. Évidemment, c'est samedi. Un obstacle en moins. Mélanie s'avance dans un couloir sans trop savoir où cela pourrait la mener. Mais plus elle s'engage dans le dédale de cet hôpital, plus elle perçoit des gémissements, ou des cris, comme étouffés par les épaisses portes qu'elle croise. Cette atmosphère la stupéfie. Elle cesse le pas, hésite… Puis une voix féminine, qui résonne dans le couloir, la fait sursauter. Une soignante lui demande tout simplement, et poliment, si Mélanie a besoin d'un renseignement. Sans vraiment réfléchir donc, Mélanie se présente comme étant la petite fille d'un ancien résident qui aurait été hospitalisé ici très récemment, venant récupérer quelques informations importantes, afin d'optimiser le bien-être de ce grand-père fictif, actuellement placé en EHPAD… Bref, Mélanie s'emmêle d'explications approximatives. Devant ce balbutiement gêné, la soignante lui propose de la suivre afin qu'elle puisse exprimer sa requête auprès d'un personnel adéquat. Après avoir traversé un autre couloir, plus sombre que celui-ci, Mélanie est dirigée vers un bureau dans lequel un homme, se présentant comme étant l'infirmier coordinateur du service, l'accueille. Il s'appelle Arnaud, il est grand, il est brun, ténébreux et souriant… Mélanie semble un tantinet désarçonnée. Elle repart à nouveau dans ses explications approximatives, voire même incohérentes par moment tant elle est intimidée par ce bellâtre. Ce qui ne semble finalement pas en déplaire à Arnaud qui la trouve touchante et très séduisante, amorçant un sourire à en faire tomber la terre entière. Puis, plus sérieusement, reprend les explications de Mélanie, tout en essayant de comprendre sa requête. Leur échange est interrompu par le téléphone de Mélanie… C'est Enzo qui insiste, ce bougre. À la fois décontenancée et blasée, elle se jette finalement à l'eau, mais surtout dans l'envoûtant regard de ce bel infirmier, et décide, encore une fois sans réfléchir, d'énoncer le pourquoi de cette visite impromptue. Mélanie se livre donc sur sa découverte, ses lectures et sur Léon, et tout s'éclaircit davantage pour Arnaud qui semble acquiescer sa démarche. Démarche à l'évidence peu banale, à laquelle Arnaud ne peut fournir de pièces au puzzle de Mélanie, faute de temps d'une part, mais parce que cela semble quelque peu compliqué de pouvoir accéder à certains dossiers de manière aussi simple. Pour la peine, semblant séduit par ce cheminement (et pas que !), Arnaud valide son aide en lui proposant de se voir à l'extérieur, lui promettant faire de son mieux pour lui livrer les précieux renseignements. Mélanie, intimidée, mais confiante, accepte. Elle discerne même une petite part de vengeance personnelle à l'égard d'Enzo en se disant « pourquoi pas »… Le rendez-vous est pris dans quelques jours, après un échange de numéro de téléphone. C'est Arnaud qui engagera le pas pour convenir du lieu lorsqu'il aura assez de documents à lui remettre. Mélanie quitte ainsi l'établissement, soulagée, d'avoir pu accomplir jusque-là sa démarche, et adoucie par cette attirante rencontre. Le lendemain Mélanie s'éveille telle une fleur au soleil et décide ainsi de vivre ce dimanche de façon détendue, coupant son téléphone (au diable Enzo), ne souhaitant pas particulièrement ouvrir le carnet de Léon. Mélanie veut garder pour cette journée ce sentiment de légèreté éprouvé la veille grâce à cet exquis Arnaud. Elle espère obtenir plus d'éléments quant à la vie de Léon, mais espère également revoir Arnaud très, très prochainement…

Ce lundi matin a une autre sapidité. Mélanie appréhende de devoir affronter Enzo, et par conséquent Marie, qu'elle risque de croiser en premier lieu dans le vestiaire. Si cela ne tenait qu'à elle, elle serait bien restée enroulée dans son épaisse couette, mais la sempiternelle check-list du réfrigérateur plane toujours sournoisement dans son esprit. Pas le choix donc. Mélanie doit accomplir la mission qui lui a été confiée, jusqu'au dernier jour. Une fois sur place, Mélanie est apaisée de s'apercevoir que Marie n'est pas présente aujourd'hui. Mais cette sérénité sera de très courte durée puisqu'en quittant le vestiaire, Mélanie tombe inopinément sur Enzo ! Après un échange de regard, désemparé pour l'un, déterminé pour l'autre, s'ensuit une tentative de dialogue. Enzo veut comprendre, Mélanie abrège. En s'éloignant, elle lui laisse entendre d'aller retrouver Marie, sa nouvelle prétendante. Mélanie n'a pas dissimulé sa déception à son égard, mais Enzo semble rester dans l'interrogation. Ces deux-là paraissent ne plus s'entendre, au grand dam d'Enzo. Dans son élan, Mélanie passe voir Léon dans sa chambre. Elle s'approche délicatement de lui, et un nouvel échange de regard, mais cette fois-ci, peiné pour l'une, et désespéré pour l'autre. Mais ce qu'elle a vécu ces derniers moments lui provoque une pulsion, celle de parler à Léon. Pas de grandes phrases de compassion, juste quelques mots, juste le besoin de lui avouer qu'elle sait. Elle sait ce qu'il a subi, ce qu'il a enduré. Cet instant, comme hors du temps, est suspendu par les vibrations de son téléphone dans sa poche de blouse. C'est Arnaud. Mélanie quitte Léon toute frénétique à la vue du message que le bellâtre a pu lui envoyer. Est-ce la première invitation ? Va-t-il également honorer sa promesse ? Mélanie part s'isoler, comme une adolescente qui s'emballe, et découvre le message dans lequel Arnaud lui propose effectivement un premier rendez-vous, pour demain soir, mais sans en préciser davantage. Mélanie valide. Puis s'en retourne vaquer à ses occupations professionnelles, en attendant, impatiente, de pouvoir rentrer et se replonger dans les émouvants écrits de Léon.

« Me voilà caché dans le grenier de notre maison. Je ne veux plus retourner chez les Bouviers. Aujourd'hui, on

a enterré maman… il n'y avait que très peu de monde. Même Klaus n'était pas là. Je ne sais même pas s'il sait que maman est morte. Ce fut un moment épouvantable et triste… je ne reverrai plus ma douce maman. J'ai énormément de peine dans le cœur, mes yeux pleurent presque tout le temps. Je n'ai de cesse de penser aux bons souvenirs, aux heures heureuses qu'on passait ensemble, même lorsque papa était encore à la maison. Me retrouver à dormir chez ce facteur méchant et sa mégère me fait encore plus mal. Apparemment, on n'avait personne chez qui aller et ils ont parlé d'orphelinat, mais qu'en attendant ils voulaient bien "se sacrifier" ! J'ai mal dans tout mon corps, telle une blessure physique, une plaie ouverte, mais qui ne se voit pas. Je ne veux plus retourner chez les Bouviers, autant mourir tout de suite. Mais je ne peux pas laisser ma petite sœur chérie, elle n'a plus que moi, elle a besoin de moi. Je m'enfuirai avec elle. On se débrouillera bien. Je suis sûr qu'il existe encore des gens bien sur cette terre qui voudront nous aider et pourquoi pas nous donner de l'amour. Peut-être pas le même amour que pouvait nous donner notre douce maman, mais un amour qui rassure, qui réconforte et qui nous aide à grandir. Mon Dieu, c'est tout ce que je demande… Je vais attendre dans ce grenier, ils ne me trouveront pas d'aussi tôt, et trouver une solution. À la tombée de la nuit, je descendrai discrètement dans la maison pour essayer de préparer un baluchon et récupérer des affaires qui nous tiennent à cœur, notamment ce qui se rapporte à maman. En attendant, il faut que je dorme un peu, je suis vraiment fatigué par ce que me fait endurer cette vie-là. »

Quelle nuit de cauchemar encore ! J'ai réussi à me réfugier dans les ruines d'une grange perdue dans les bois. Cela ne s'arrêtera donc jamais ? J'ai été réveillé par des bruits de vitres brisées. Je pensais que c'était mon imagination, que c'était dans un rêve... Mais il m'a ensuite semblé entendre des voix s'éloigner de la maison. J'ai eu peur, mais il fallait que je sache ce qu'il se passait en dessous de moi. Lorsque j'ai ouvert la trappe du grenier, j'ai tout de suite senti une odeur de brûlé. Puis de la fumée qui commençait à me faire tousser. Je voulais à tout prix savoir même si j'avais un doute. Arrivé au-dessus des escaliers, j'ai vu que toute la cuisine était en feu ! Je sentais une chaleur du diable. C'était donc ça l'enfer ? Les flammes commençaient à danser follement et il y avait de plus en plus de fumée. J'ai voulu m'enfuir par la fenêtre de notre chambre, mais c'est une sacrée hauteur. Tant pis, il fallait que je saute. J'ai très mal à la cheville maintenant, j'ai du mal à m'appuyer dessus. Qu'importe, il fallait fuir ce brasier. Plus loin, je regardais tous mes souvenirs, toutes nos affaires, partir en cendres. J'ai pleuré et je voulais crier, mais je n'ai plus de force. Je vais rester là. Je vais dormir, et dormir, et quand je me réveillerai, je me dirai que ce n'était qu'un mauvais rêve...

Je ne sais plus quel jour sommes-nous... Je me réveille dans cette vieille grange, je n'ai vu ni entendu personne. Je ne sais même pas si on me cherche vraiment. Je commence à sentir la faim me ronger le ventre. Il faut que je puisse trouver de quoi manger pour ma petite sœur et moi. Ma douce maman me manque, Emilie aussi... éperdument. Je vais tout faire pour la récupérer et l'emmener avec moi loin d'ici. Mais pour ça il me faut retourner chez les Bouviers et ça ne sera pas une mince affaire. D'ici je sens encore l'odeur de notre maison brûlée, c'est une sensation horrible, cette impression de ne plus exister, d'avoir tout perdu…

Mélanie entame cette nouvelle journée de labeur quelque peu bouleversée. Elle peut désormais lire, non seulement dans son petit carnet, mais dans les yeux de Léon et percevoir sa douleur. A-t-il pu retrouver sa petite sœur ? Qu'ont-ils vécu ensemble par la suite ? Ont-ils pu recouvrer un amour maternel ? Tant de questions qui trouveront peut-être réponse grâce à l'aide précieuse d'Arnaud qu'elle a déjà hâte de retrouver ce soir en débauchant. Cette impatience n'est même pas entachée par un éventuel face-à-face avec Enzo, ou Marie, puisque ni l'un ni l'autre ne semble travailler aujourd'hui. Mélanie est ainsi plus sereine et peut se préparer à ce rendez-vous le plus naturellement possible. Puis, dans la journée, le lieu exact de l'entrevue est annoncé par un message. Un petit troquet à quelques encablures d'ici. Mélanie n'a pas l'habitude de ce quartier, mais elle se dit pourquoi pas. Elle est sûre finalement de ne pas croiser un autre bellâtre, plus maladroit : Enzo.

La voilà installée dans ce café qu'elle découvre. L'ambiance y est cosy, les gens discrets. Elle attend Arnaud non sans une pointe de fébrilité parce qu'il faut bien avouer qu'il est très bel homme, en plus d'être serviable, à vouloir l'aider dans sa quête. Il arrive, sourire aux lèvres à la vue de Mélanie. Une bise échangée et

Arnaud s'installe face à elle. Les premières secondes sont silencieuses, Arnaud semblant ravi de retrouver cette belle inconnue. Mélanie est sous le charme. Mais ce n'était pas là la première intention. Bêtement, Mélanie lui demande comment va-t-il. S'ensuit alors un échange des plus banals entre eux. Arnaud tente cependant par moment de séduire Mélanie par de petits clins d'œil, des sourires ravageurs et un vocabulaire digne d'un Casanova des riches quartiers. À la différence d'Enzo, celui-là s'y prend avec davantage de tact et de savoir-être avec la gent féminine. Enfin Mélanie aborde le sujet de Léon. Elle exprime le fait que c'est important pour elle, pour des raisons qui lui sont propres, d'en connaître un peu plus sur le parcours de ce grand-père fictif, notamment lorsqu'il s'est retrouvé en psychiatrie. Arnaud l'entend bien. Mais il n'a pour l'instant aucun document ou d'explication à lui fournir. Mélanie est étonnée et, un tantinet, ennuyée. Mais c'est mal le connaître. Il commence à énumérer les différentes raisons de sa manière d'agir. Il souhaite dans un premier temps, d'où ce premier rendez-vous, en apprendre davantage sur sa démarche pour pouvoir lui apporter vraiment tous les éléments qui pourraient éclairer, autant que faire se peut, son cheminement. Il lui explique notamment que ce n'est pas forcément légal, secret professionnel oblige, de divulguer ce genre de renseignements. Le ton sérieux qu'il prend pour lui dire tout cela impressionne Mélanie. Elle apprécie son intelligence, mais aussi son investissement à son égard. Elle se sentirait presque honteuse d'avoir un petit peu menti sur la relation familiale fictive entre elle, et Léon.

Faut-il donc lui avouer tout de suite ? Puis le temps passe, entre sujets sérieux et petites confidences sur les préférences de vie de chacun. Arnaud clôt ainsi le tête-à-tête, il commence à se faire tard, et lui propose un prochain rendez-vous à venir durant lequel Mélanie pourra s'expliquer davantage sur ses recherches. À nouveau, il lui affirme que ce sera lui qui choisira le jour et l'endroit de l'entrevue. Un nouveau baisé échangé sur la commissure de sa bouche, en guise d'au revoir, ne laisse indéniablement pas Mélanie indifférente. Et c'est plus légère, et à la fois très impatiente, qu'elle s'en va retrouver son fameux piètre logis. Ce soir, pas de lecture, pas de sombre découverte. Mélanie veut s'endormir paisiblement.

C'est interloquée que Mélanie s'affaire à ses besognes professionnelles. Étonnée qu'à nouveau, aujourd'hui, Enzo et Marie soient encore absents. Elle ne peut s'empêcher de refaire de mesquins raccourcis, en les imaginant tous deux passant du bon temps. Mais qu'importe, la journée sera plus détendue de la sorte et Mélanie s'oblige à ne plus y penser. Elle est surtout pressée de retrouver Arnaud pour plusieurs raisons que l'on connaît bien désormais. La fin de journée approche et toujours pas de nouvelle d'Arnaud. Plus de message insistant de la part d'Enzo non plus. Mélanie s'en sentirait presque blasée. De ce fait, elle passera la soirée avec Léon, et ses écrits, en espérant une suite plus glorieuse. Elle qui, plus jeune, s'imaginait des histoires qui se terminaient plutôt bien, dans lesquelles les personnages, à la recherche d'un idéal, s'en trouvaient toujours heureux… Avec le journal de Léon, elle conçoit qu'il y a de véritables histoires dont personne ne souhaiterait être le héros !

Nous voilà à dormir chez les Bouviers ! Je ne l'aurais jamais cru. Ce matin en m'approchant de leur maison pour essayer d'apercevoir ma petite sœur chérie, je me suis fait remarquer par cet idiot de facteur. Il me criait dessus qu'ils m'avaient cherché partout, pensant même que j'étais resté coincé dans l'incendie de la maison ! Il s'est mis à me courir après… il court vite ce bougre ! Malheureusement, je ne faisais pas le poids, avec ma cheville mal en point. Mais cette douleur s'est vite estompée à la vue de ma petite Emilie, qui était là, assise et attablée, dans leur cuisine moche. Moche comme Mme Bouvier, qui finalement est bien assortie à ses meubles. Emilie était contente de me revoir et ça m'a fait du bien de la serrer dans mes bras. Les Bouviers avaient beau m'assaillir de reproches et de vilains sobriquets, qu'importe, Emilie et moi ne faisions plus qu'un. Le seul moment agréable avec les Bouviers, c'est lorsqu'elle m'a dit que je devais avoir faim. Cette mégère aurait pu me donner n'importe quoi, je l'aurais avalé sur le champ ! Effectivement, ce qu'elle me proposa n'était pas fameux, très loin de la bonne cuisine de maman, mais il me fallait reprendre des forces. Et puis ils ont commencé à parler de nous, toujours très médisants, que l'on va se retrouver placé dans un orphelinat, parce qu'ils ne savent pas quoi faire de nous. Et toujours ces reproches concernant maman. La faim m'obligea à garder mon poing dans la poche comme on dit, mais je me disais qu'au moins, à l'orphelinat, on nous trouvera une famille aimante. Et qu'on sera toujours ensemble, ma petite sœur chérie et moi. Je veux bien rester une nuit dans ce nid de serpents, puisque demain sera une délivrance.

Nous voilà loin des Bouviers. Mais loin de chez nous aussi. J'ai trouvé le trajet long. C'était un car qui nous a emmenés, accompagnés d'une dame, Mme Cécile plus jolie que Mme Bouvier et plus agréable. Mais de passer devant notre maison réduite en cendres, encore un petit peu fumant, m'a fendu le cœur et j'ai caché les yeux d'Emilie pour ne pas qu'elle voit ce désastre. Une fois arrivés, nous avons découvert l'endroit. Une énorme bâtisse avec plusieurs corps. Il y a plein d'enfants déjà présents, du plus petit au plus grand. Les murs sont froids, les dortoirs monotones... mais j'ai espoir qu'il ne s'agisse que d'un bref passage. Malheureusement, on nous a séparés pour le coucher et ça m'inquiète de savoir ma petite sœur seule, au milieu d'inconnus. En plus, dans mon dortoir, il y a des grands, je n'aime pas la façon dont ils me regardent. Il y a plein de règles à respecter, on nous oblige à être de bons petits soldats. Je ne suis pas sûr de trouver le sommeil, cette nuit risque d'être longue, il y a des bruits qui me font sursauter.

Mon Dieu, pourquoi vous acharnez-vous de la sorte ? Qu'ai-je fait pour mériter ça ? Ce fut encore une horrible journée. Tout d'abord, les grands du dortoir m'ont malmené. Ils ont attendu un moment d'inattention de la part d'une nurse pour m'attraper et me frapper. J'étais bousculé de toute part. Ils ont même essayé de m'arracher mes vêtements. Ils m'ont traité de collabo et de fils de fille de joie... Ils m'ont même menacé de bientôt me faire la peau. J'ai peur. Je n'avais jamais connu une telle violence. Heureusement que Mme Cécile est intervenue, ils m'auraient tout bonnement liquidé ! J'avais besoin d'être rassuré et je voulais retrouver ma petite sœur chérie au réfectoire. Elle était introuvable. Mon cœur battait tellement fort que j'avais l'impression qu'il se décrochait de ma poitrine. Quelle ne fut pas ma stupeur d'entendre de la bouche de Mme Cécile qu'un couple était venu la chercher ce matin pour lui offrir une meilleure vie ! Ma petite sœur chérie ! Je n'ai même pas pu la prendre dans mes bras, l'embrasser, sentir son odeur, ne serait-ce même lui dire au revoir. Ils me l'avaient ôtée de ma vie sans se soucier de notre propre lien. Je n'ai plus envie de vivre dans ce monde absurde et cruel. Il faut que je quitte cet endroit auquel je croyais pour notre bien. C'est en réalité la continuité du mal. Je vais m'enfuir.

Le réveil de Mélanie paraît laborieux. Elle qui espérait une suite plus optimiste dans le déroulement des écrits de Léon, est à nouveau blasée. Mais ce sentiment va assez facilement s'estomper à la vue du message qui l'attend sur son téléphone. Arnaud a été plutôt très matinal pour lui proposer un nouveau rendez-vous. Mélanie affiche un sourire satisfait. Et ce sera pour ce soir. À la différence du premier tête-à-tête qui s'est déroulé dans un lieu à part, cette fois-ci, Arnaud l'invite directement chez lui, pour discrétion professionnelle, selon lui. Mélanie acquiesce. Elle va même jusqu'à se demander à quoi peut ressembler l'environnement d'un aussi bel homme intelligent. Ainsi, la voilà prête à affronter cette journée, enchantée d'une part d'imaginer pouvoir en connaître davantage sur la vie de Léon, mais d'autre part de certainement passer un délicieux instant en aussi charmante compagnie. C'est aussi le sourire timide, mais l'esprit moins tourmenté, qu'elle passe voir Léon dans sa chambre. Entre eux deux, tout s'exprime par le regard. Elle aimerait tant lui chuchoter au creux de l'oreille qu'elle a hâte d'en savoir un peu plus sur lui. Mais que comprendrait-il ? Cette petite visite éclair apaise Mélanie, comme pour, à chaque fois, valider un accord factice lié à sa recherche d'en connaître encore plus, pour comprendre.

Le soir venu, Mélanie se rend à l'adresse qu'Arnaud lui a donnée. Comme pour la première rencontre, le quartier n'est pas habituel pour elle. Mais elle trouve cela même aventureux, de se retrouver dans l'inconnu. Son cœur en bat la chamade. L'endroit est calme et propre. Elle pense que cela lui correspond plutôt bien. La voilà devant sa porte. Les retrouvailles sont enjouées. Et encore un échange de baisers équivoque et sensuel. Mélanie apprécie de plus en plus. Arnaud l'invite à rentrer, à se mettre à l'aise et lui propose un verre. L'échange entre eux est moins timide et Arnaud se montre délicat et serviable envers Mélanie. Les minutes passent et les verres également. Ils apprennent à se connaître, s'apprivoisent, se questionnent l'un l'autre, évoquent leurs vies, leurs métiers, surtout Arnaud. Il raconte ses expériences professionnelles avec une telle passion que Mélanie ne peut que boire ses paroles… et son verre qu'elle n'arrive décidément pas à terminer puisqu'à peine quelques gorgées bues, Arnaud le lui remplit systématiquement. Au point qu'elle commence sérieusement à s'enivrer. Elle décide à ce moment de faire dévier la conversation sur ce qui les ont fait se rencontrer : Léon. Arnaud consent, mais c'est lui qui entame les questions à ce sujet. Il a bien quelques informations à lui soumettre quant au parcours de Léon avant son arrivée en psychiatrie, mais il aimerait au préalable connaître les vraies raisons d'un tel engouement pour ce vieillard. L'ivresse rend Mélanie plus facilement bavarde et commence à lui raconter le cheminement de sa requête. Elle lui avoue n'avoir aucun lien de parenté avec Léon, mais qu'elle a découvert un carnet de bord dans lequel Léon a consigné sa vie d'adolescent exprimant la dureté du moment vécu. Elle lui explique, avec une facilité déconcertante, alcool oblige, qu'elle s'est prise d'intérêt pour ce vieillard parce qu'elle veut comprendre ses douleurs et ses cris, que cette situation la bouleverse et la touche, dans cette monotonie ambiante actuelle. Arnaud semble à son tour touché par cette histoire et remercie Mélanie de sa sincérité. Il a avec lui une mallette genre attaché-case, dans laquelle sont rangés plusieurs documents. Sous les yeux quelque peu imbibés de Mélanie, il en extrait une vieille pochette en papier, froissée et écornée, abîmée vraisemblablement par le temps. Il s'agit du fameux Sésame à « l'ouvre-toi » des interrogations de Mélanie sur la vie passée de Léon. Mais Mélanie est dans un tel état qu'elle ne sait pas elle-même si c'est de l'euphorie, de l'excitation ou simplement son niveau de griserie. Bref, Arnaud profite de ce moment de béatitude pour impulser un baiser fougueux, et commence à étreindre Mélanie qui, affaiblie, semble se laisser faire. Ce premier contact physique donne à Arnaud une assurance qu'il ne montrait pas particulièrement avant. Puis Mélanie tente maladroitement d'ouvrir le dossier, curieuse et impatiente. Arnaud reprend le dossier et le feuillette sous le nez de Mélanie et continue de l'interroger sur ses motivations. Il lui demande d'abord pourquoi n'a-t-elle pas pu obtenir ces renseignements dans la structure où elle exerce cette mission. Pourquoi n'a-t-elle pas obtenu plus d'éléments concernant Léon ? Mélanie met davantage de temps à comprendre ses questions. Elle essaie de lui répondre, mais sent bien que son état d'ébriété la freine. Dans sa confusion d'esprit, elle lui parle de sa relation avec Enzo, que ce dernier était censé l'aider dans ses recherches, mais qu'il a préféré s'enticher d'une infirmière du service, qui s'appelle Marie. Que cette situation ne lui permet donc pas d'aller vers Marie pour demander un quelconque renseignement sur Léon. Le regard d'Arnaud s'assombrit. Puis d'un air désabusé prend un ton plus sérieux et passe aux aveux. Il raconte à Mélanie qu'il a très bien connu Marie, qu'ils vivaient une belle relation amoureuse et que c'est elle qui l'a quitté pour les beaux yeux d'un bellâtre qu'elle aurait rencontré dans son service. Mélanie est ébahie. Ses confessions la désarçonnent. Cependant, elle reste quelque peu confuse quant à la chronologie des évènements. Arnaud parle de cette relation comme un lointain souvenir alors qu'elle ne voit plus Enzo que depuis quelques jours. Elle essaie péniblement de comprendre, mais l'alcool ralentit considérablement sa réflexion. Dans la foulée, elle essaie également d'accéder au dossier de Léon, mais Arnaud, dans un flux de paroles que Mélanie, presque paralysée, peine à écouter et surtout à comprendre, le range promptement dans son attaché-case. Sensation de vertige, Mélanie ne se sent plus très en forme…

Le réveil est laborieux. Il est inhabituel aussi. Mélanie ne reconnaît pas ses draps. L'impression d'avoir fait de mauvais rêves. Au bout de quelques secondes, sa conscience revient. Mélanie ne se réveille pas dans son lit, mais certainement dans celui d'Arnaud. C'est ce qu'elle pense, puisqu'elle ne se rappelle que du salon, du verre toujours rempli et du canapé dans lequel elle avait quelques désagréments à se mouvoir et à réfléchir. Elle a un sentiment étrange. Arnaud est absent. Peut-être lui prépare-t-il un petit-déjeuner réparateur ? Lorsqu'elle décide de se lever, ses jambes n'ont plus de force et des douleurs apparaissent. Comme des courbatures. Elle se dit d'abord qu'elle a sérieusement abusé sur l'enivrant breuvage, ce qui pourrait expliquer son état nauséeux. Finalement elle se rend compte qu'Arnaud n'est pas là. Il lui a laissé un message sur son téléphone en lui disant simplement, sans fioriture ni mot doux, de déposer les clés dans sa boîte aux lettres à son départ. Cette situation la refroidit. Elle décide donc, malgré sa faiblesse encore palpable, de rentrer directement chez elle. Son état ne lui permet pas d'aller travailler aujourd'hui. Mais avant de quitter les lieux, elle tente de rassembler ses souvenirs de la veille et pense au dossier de Léon. Cette soirée n'a finalement pas plus aidé Mélanie dans sa requête. L'attaché-case est introuvable. Tant pis, elle reviendra.

Sur le chemin du retour, Mélanie éprouve toujours ce sentiment étrange, comme une mauvaise intuition. Elle n'a qu'une hâte, se retrouver dans son petit nid de moineau, prendre une bonne douche et s'emmitoufler dans sa couette. Les muscles de ses cuisses la tiraillent à la marche, à croire qu'elle a couru un marathon toute la nuit ! Arrivée dans son studio, Mélanie n'a qu'un premier besoin anormalement urgent, prendre une douche. Une fois déshabillée, Mélanie se surprend à avoir un horrible doute. Sous la douche, elle a ce sentiment d'avoir été salie, abusée… Arnaud aurait-il profité de la situation ? Cette hypothèse l'accable. Mais il faut prévenir l'EHPAD qu'elle ne pourra pas honorer sa mission aujourd'hui, prétextant être malade. Mélanie ne se sent ni le courage ni la force d'affronter une journée de labeur. Bien enfouie sous sa couette, une tasse de thé apaisant, Mélanie réfléchit et essaie de se remémorer la soirée, notamment le nombre de verres ingurgités. Il n'y en avait pas tant que cela et ce n'est pas la première fois qu'elle abuse de boissons enivrantes. Et ses excès antérieurs n'avaient absolument pas les mêmes effets. Ainsi, pour penser à autre chose, et en attendant un éventuel message d'Arnaud, Mélanie replonge à nouveau dans les écrits de Léon.

Que ce ciel est apaisant ! Dans les formes des nuages, je peux apercevoir le visage de ma douce maman ; on dirait qu'elle me regarde… Me voilà allongé au pied de mon arbre. J'y ai retrouvé la quiétude d'avant, même si ce ne sera plus comme avant. J'ai mal partout, surtout à ma cheville. J'ai dû marcher toute la nuit jusqu'au petit matin. J'ai réussi à m'évader de cet enfer. Et j'ai couru, couru le plus longtemps que je pouvais. La nuit, tout devient menaçant. La nuit attise les peurs et les angoisses. Mais cette fois-là, je n'avais plus peur. Cette nuit fut mon salut. Si j'étais resté dans cette prison pour enfants, parce que finalement je considère cette bâtisse comme telle, j'allais y périr. Ma petite sœur me manque tellement. Il faut que je la retrouve, il faut que l'on se retrouve, que l'on grandisse ensemble. Sinon, j'en perdrais la raison, j'en deviendrais fou. J'ai marché sans m'arrêter jusqu'à l'aube. Je suis passé devant les ruines de notre maison. Je n'ai pas eu le cœur de m'y attarder, c'était ressasser des souvenirs qui m'ont profondément attristé. Je revoyais maman, souriante et belle. Papa aussi, qui l'embrassait dans le cou. Je revoyais ma petite sœur chérie Emilie en train de jouer avec sa poupée. Klaus également, qui aidait dans le jardin... J'avais toute la tristesse du monde dans les yeux. Et lorsque je suis enfin arrivé à mon petit coin de paradis à moi, je me suis senti tellement seul, abandonné par la vie, que je me suis avancé au bord de l'étang. Les rayons du soleil levant brillaient sur l'eau ondulante et les reflets m'hypnotisaient. Je ne sentais plus mon corps, plus les douleurs. J'étais complètement vide et j'avais la sensation de ne plus toucher le sol. Cette eau m'attirait. J'aurais pu me laisser tomber dedans, absorbé par les souvenirs de ma vie avec les gens que j'aime, fasciné par la voix de ma douce maman qui m'appelait. Mes pieds étaient au bord du rebord... Mais mon esprit a été troublé par le vol délicat d'une libellule venue se poser sur mon front. J'ai levé doucement la main pour la chasser, mais elle est venue se poser ensuite sur mon doigt. J'avais l'impression qu'elle me regardait. Elle était belle, colorée et silencieuse. Était-ce un signe ? Était-ce ma douce maman qui venait là me redonner un peu d'espoir, m'apaiser et m'encourager à continuer de vivre ? Cette libellule qui s'envola pour se perdre dans les roseaux de mon étang, m'a ramené à la vie. Du moins cela m'a rendu l'envie de me battre pour retrouver ma petite sœur, pour qu'on se retrouve. Je serai comme cette libellule. Je suis prêt à m'envoler par monts et par vaux, à travers cette campagne tempétueuse et cruelle, jusqu'à me poser là où je retrouverai la sérénité…

Les quelques pages restantes du journal de Léon sont vierges d'écrits. Mélanie en conclut que ce fut là ses derniers mots avant de s'envoler, comme il le précise, à la recherche de sa petite sœur. Mais quel chemin a-t-il parcouru pour en arriver à être hospitalisé en psychiatrie ? À quelles embûches a-t-il dû faire face pour y arriver ? Y est-il arrivé d'ailleurs ? Toutes ces questions et réflexions se bousculent dans la tête de Mélanie. C'est à ce moment-là qu'elle pense à Arnaud… et son fameux dossier, dans lequel il y a certainement toutes les réponses que Mélanie espère. Elle y pense aussi parce qu'elle éprouve toujours un sérieux doute quant à la soirée passée avec lui. Elle aimerait cependant le revoir et pouvoir lui poser toutes ces questions, et réussir enfin à obtenir les éclaircissements tant attendus sur la vie de Léon. Mais toute cette concentration de l'esprit à se poser mille et une questions la fatigue davantage, et c'est indolemment, non sans jeter un dernier coup d'œil à la messagerie encore vide de son téléphone, que Mélanie s'endort.

Mélanie se réveille déterminée. Tout ce qui a pu se passer jusqu'à présent l'a beaucoup fait réfléchir. Tout d'abord ses pensées vont vers Léon. En se remémorant le déroulement de sa vie torturée d'adolescent d'après-guerre, elle se fait le constat qu'elle n'avait que des a priori sur les vieillards sans imaginer une seule seconde qu'ils avaient tout un vécu derrière eux susceptible d'être une résultante de leur comportement d'aujourd'hui, d'avoir des conséquences sur leurs traits de caractère, leurs façons d'être ou de répondre, d'agir, sur leurs sensibilités, leurs regards… Bref, on ne connaît que trop peu les histoires de vie de chacun lorsqu'il ou elle arrive dans une structure pour finir ses jours, avant-dernière étape de la vie, avant la mort.

Puis Mélanie pense à Enzo, malgré tout. Elle réalise que lui et sa maladresse lui manquent, que sa personnalité lui correspond davantage que celle d'Arnaud. D'ailleurs ce dernier l'a beaucoup déçu. Elle ressent toujours ce doute en lien avec cette soirée passée auprès de lui. Elle a conscience qu'il se pourrait qu'il ait tout de même eu un comportement plus que tendancieux avec elle, qu'il aurait nettement abusé d'elle en lui administrant une drogue. Faut-il aller porter plainte pour… viol ? Mais comment obtenir ces tant attendues informations sur la vie de Léon ? Tant de questions qui s'entrechoquent dans sa tête. Mais oui, aujourd'hui Mélanie se sent déterminée à faire la lumière sur tout cela. Cependant, c'était sans songer à Marie, présente en même temps qu'elle ce jour dans le vestiaire. Même si Mélanie se sent d'humeur conquérante, elle n'avait pas particulièrement prévu d'affronter cette situation-là.

C'est donc en se montrant complètement indifférente qu'elle s'affaire à se changer. Méprisante, mais toutefois embarrassée. Et puis finalement c'est Marie qui l'interpelle. Tout d'abord un peu sur la réserve, malgré le silence malaisant de Mélanie, Marie tente une approche avec quelques banalités d'usage. Mélanie y répond timidement, assez sèchement même. Et puis Marie entame le sujet qui semble épineux. Mais apparemment, plus épineux pour Mélanie que pour Marie puisqu'elle lui demande, si cela n'est pas indiscret, ce qu'elle peut reprocher à Enzo, qui, apparemment, a pu lui faire quelques petites confidences concernant la situation amoureuse en suspens de nos deux tourtereaux. Mélanie en est stupéfaite et commence à lui reprocher également d'avoir succombé aux charmes maladroits d'Enzo, tout en ayant conscience de la relation qu'il avait avec elle. Marie est éberluée par ce qu'elle vient d'entendre. Aussitôt elle tient à s'excuser de ce malentendu et essaie de rassurer Mélanie sur ses sentiments envers Enzo qui ne sont que purement amicaux. Certes il est un garçon maladroitement dragueur, mais il n'en reste pas moins attachant, mais sans plus. Et dans le feu de l'échange verbal, Mélanie évoque sa rencontre avec Arnaud. Une façon de piquer au vif et ainsi ressentir une petite vengeance personnelle, puisqu'il s'agirait de l'ex-compagnon de Marie. Le moment devient très sérieux. Marie, étonnée de cette nouvelle, commence à questionner Mélanie sur ce nouveau prétendant qui s'afficherait comme étant son ancien petit ami. Sans lui développer la réelle motivation qui les a fait se rencontrer, Mélanie lui révèle qu'il est également infirmier dans un service de psychiatrie et qu'il lui a avoué, dans un moment de rapprochement, que Marie l'avait quitté sans ménagement. À partir de là, Marie semble prendre un autre ton face à Mélanie, et souhaite surtout la mettre en garde. Elle lui expose qu'elle connaît effectivement Arnaud, parce qu'ils ont tout simplement suivi leur formation à l'École de Soins Infirmiers ensemble, qu'ils étaient dans la même promotion, mais surtout qu'il était bien connu de toutes les élèves parce qu'il agissait de façon tendancieuse, avec de mauvaises intentions. Sa perversité l'a même amené jusqu'à recevoir des plaintes à son égard. Bien évidemment ce garçon a tenté une grossière parade amoureuse face à Marie qui, à ce moment-là uniquement, l'a éconduit sans ménagement. Mélanie est ahurie par ces affirmations. Et dans un dernier élan, avant de quitter le vestiaire, Marie lui ordonne, pour son bien-être, de vite mettre fin à ce début de relation qu'elle estime toxique, avec Arnaud et lui propose d'aller parlementer avec Enzo, afin de renouer cette jolie relation, d'autant plus sereine qu'il se démène apparemment pour elle…

Pour Mélanie, tout devient clair, ou presque. Arnaud, n'aurait-il tout bonnement pas profité de la situation pour l'attirer dans ses filets ? Ses doutes se confirment donc et ça sera également sans ménagement qu'elle ira porter plainte. Cette soirée passée, les affirmations de Marie et le manque d'Enzo l'attristent au point que Mélanie ne peut s'empêcher de pleurer, avant de se lancer dans sa fonction d'agent de service.

En s'approchant de la chambre de Léon, Mélanie est déçue. Elle hésite à entrer pour le voir, pour un échange habituel de regards. Elle ne se sent justement pas la force de l'affronter, ce regard. Elle aurait tellement voulu en connaître plus sur sa vie. Elle aurait tellement voulu avoir des réponses. A-t-il pu retrouver sa petite sœur tant adorée ? Pour quelle raison a-t-il été hospitalisé et enfermé en psychiatrie ? Elle aimerait tant pouvoir retracer la suite de sa vie. Elle aurait tant voulu comprendre. Ce moment de réflexion est interrompu par les vibrations de son téléphone. C'est un message d'Arnaud ! Son cœur s'emballe, mais l'ébullition d'avant a davantage laissé place à une forme d'angoisse. Il lui propose un nouveau rendez-vous, le plus tôt possible car « ce ne fut que de délicieuses heures en ta compagnie »... L'angoisse du message se transforme en colère. Elle hésite à lui répondre. Elle préfère attendre, et réfléchir à ce qu'elle pourra lui proposer. Il faut maintenant la jouer fine. Mélanie va se concentrer sur ses tâches ménagères bien consciencieusement pour, un temps, songer à autre chose, se vider un peu l'esprit encombré de mélis-mélos interrogatifs.

La fin de journée venue, Mélanie, en quittant son travail, se décide enfin à répondre au message d'Arnaud. D'abord hésitante, elle convient d'aller le retrouver directement chez lui, en lui signifiant être libérée de sa mission professionnelle. Puis, d'un pas résolu, se rend à l'antre de son prédateur. La durée du parcours lui laissera le temps nécessaire pour étudier un éventuel stratagème, afin de récupérer un maximum d'informations sur le dossier de Léon. Elle se dit qu'après tout, il le lui doit bien. Elle pourrait le menacer d'être dénoncé et de porter plainte pour l'avoir droguée, pour avoir abusé d'elle. À mi-chemin,

Arnaud lui répond de patienter et de lui laisser le temps de rentrer à son tour du travail, afin de se préparer pour être digne de la recevoir comme il se doit. Mais qu'importe, Mélanie est prête à en découdre. Elle avance droit devant. Forcément, arrivée devant sa porte, Arnaud est absent. Mais elle sait qu'il est sur le point de débarquer. Alors elle décide de l'attendre patiemment, assise sur les trois marches de son perron. Mélanie est toutefois anxieuse à l'idée de se retrouver face à lui. Elle appréhende sa propre réaction. Pour se détendre, elle songe à Enzo, et à de possibles retrouvailles amoureuses. Il lui manque, sincèrement. Subitement, elle revient sur les dernières paroles de Marie le concernant. Elle a affirmé qu'il se démenait pour Mélanie. Mais qu'a-t-elle voulu évoquer exactement ? Qu'est-il en train de préparer ? Ses interrogations sont suspendues à l'arrivée d'Arnaud, essoufflé et franchement agacé de voir Mélanie déjà présente, à attendre. Ce n'est pas comme cela qu'il avait prévu l'instant. Cette attitude décontenance Mélanie qui prend peur. Elle se méfie, mais fait en sorte qu'il ne le remarque pas. À l'intérieur, Arnaud s'adoucit étrangement, et force un baiser que Mélanie subit silencieuse. L'étreinte imposée lui paraît interminable, mais lui permet d'apercevoir l'attaché-case ouvert avec le vieux dossier de Léon à l'intérieur. Ce Graal lui donne un peu de courage pour réussir à faire semblant. Arnaud débute un monologue et comble Mélanie de flatteries en tout genre. Il ne lui laisse pas de place dans l'échange, il n'y a que lui. Mélanie a le sentiment d'être face à un déséquilibré, tantôt euphorique, tantôt machiavélique. Surtout lorsqu'il aborde une vengeance aléatoire qui ferait suite à leurs ruptures respectives. Arnaud veut profiter de la naïveté de Mélanie. Tout au moins c'est ce qu'il croit. Sa perversité le pousse à se déshabiller sous les yeux de Mélanie qui reste sans voix. Se dirigeant nonchalamment jusqu'à la salle de bain pour aller prendre une douche, Arnaud lui fait comprendre, d'un clin d'œil plein de sous-entendus, qu'il désirerait qu'elle le rejoigne. Mais Mélanie reste stoïque. Elle n'a d'yeux que pour le vieux dossier de Léon. Elle s'imagine pouvoir subtiliser ce précieux sésame et filer discrètement, le temps de la douche. Mais il a laissé la porte de la salle de bain bien entrouverte et continue d'essayer de la séduire d'un flux de paroles, en évoquant toujours cette vengeance personnelle d'amoureux délaissé. C'est tremblante et d'un pas léger qu'elle s'approche de l'attaché-case. Elle attend le bon moment. Celui qui étouffera quelconque bruit de papier. Celui pendant lequel Mélanie pourra ouvrir ce dossier et tenter d'en prendre quelques clichés avec son téléphone… Ça y est, Arnaud a la tête sous les jets de la douche. C'est donc le bon moment pour Mélanie qui s'avise de sortir le dossier de la mallette et commence à le feuilleter. Sans vraiment prendre le temps de décrypter ce qu'elle y voit, elle mitraille chaque page avec son appareil. Entre chaque mitraillage, Mélanie vérifie, craintive, qu'Arnaud soit toujours occupé à se savonner. C'est alors qu'elle tombe sur un écrit qui ne ressemble en rien à ce qu'elle venait de photographier. Cela ressemble à une lettre manuscrite, contrairement au reste dactylographié. Toujours sur ses gardes, Mélanie s'y attarde malgré tout. Il s'agit là, semble-t-il, d'un poème, signé de la main de Léon. Happée, elle ne peut s'empêcher de lire…

« Libellule

Dans la froideur d'un soir
Je cherche l'espoir
Dans les sanglots du monde
Je quitte la ronde
Je n'ai plus de repère
Et je manque d'air
Quand poindra l'heure
Qui m'arrachera le cœur ?
Je garderai toujours
Le goût de l'amour
Offert par ma Reine
Mère, ma souveraine
Je garderai longtemps
Les souvenirs aimants
D'une petite âme sœur
Qui faisait mon bonheur
Quand les retrouverais-je
Pour un joyeux manège ?
Aux abords du vide
Les eaux claires et fluides
Me séduisent l'âme
Pour un dernier blâme
Mais le vol délicat
Sous mon saule ici-bas
D'une nouvelle vie
Qui surgit et sourit
M'invite à rêver
Que rien n'est achevé
Je m'envole au crépuscule
Avec toi ma Libellule... »

Ce moment suspendu, hors du temps, est dérangé et stoppé net par la main encore trempée d'Arnaud agrippant fermement les bras de Mélanie. Elle ne l'a ni entendu ni vu s'approcher. Le regard sombre du prédateur ne présage rien d'exaltant. Mélanie prend véritablement peur, mais n'en reste pas pour autant complètement tétanisée et comme dans un élan de survie, arrive à s'extraire des griffes de ce monstre. Elle recule doucement, espérant atteindre la porte de sortie. Arnaud s'avance à son tour, le corps encore ruisselant, une serviette expressément enroulée autour de la taille. Puis son regard s'adoucit, sourire démoniaque aux lèvres. Arnaud tente de parlementer. Avec une voix charmeuse et sensuelle, il explique à Mélanie qu'elle ne doit pas se montrer aussi impatiente et qu'il lui cédera tout ce qu'elle souhaite en contrepartie d'en faire autant à son égard, prétextant toujours cette fausse vengeance relative à Marie et Enzo. Mais Mélanie ne se démonte pas et ressent même la force de s'en défendre verbalement. À son tour, elle l'affronte du regard et trouve le courage de lui parler. Cette force, n'émanerait-elle pas de tout ce qu'elle a pu vivre et découvrir ces derniers temps ? Elle qui vivait si médiocrement, sans réellement trouver une utilité à sa propre vie. Elle qui n'avait pas conscience véritable du monde qui l'entoure en s'inventant d'idéales histoires. Ses différentes dernières rencontres l'ont fait mûrir. Notamment, et surtout, avec Léon. Ce qu'elle appréhendait plus que tout l'a indéniablement bousculé dans son esprit. Ce vieillard et son histoire lui ont donné cette force de vivre et de surmonter les obstacles. Alors elle ose, elle parle, elle affirme, elle reproche, elle menace…

Ainsi, Mélanie jette à la figure d'Arnaud, ce qu'elle a appris de lui, son attitude et sa perversité. Elle lui reproche d'avoir profité de sa naïveté, elle qui n'avait qu'une démarche sincère. Elle l'accuse d'avoir abusé de son corps et le menace de le traîner jusqu'en justice pour ce comportement odieux et intolérable. Arnaud semble stupéfait de ces affirmations et feint l'étonnement. En faisant mine de s'excuser, il s'avance lentement puis la saisit à nouveau par les bras. Devenant brusquement menaçant dans sa voix et son regard, Arnaud commence à malmener Mélanie et lui force un baiser. Dans la bousculade, il en perd sa serviette qui était enroulée autour de sa taille. Réflexe à nouveau de survie, Mélanie s'empresse de lui déposer sans ménagement un coup de genou bien placé. Ce qui forcément a le mérite de l'immobiliser immédiatement. Mélanie en profite pour s'extraire de ses griffes et s'enfuir de cet endroit malsain. Elle court, sans se retourner. Elle court à en heurter les quelques passants du quartier. Elle pleure aussi…

Après la peur et les tremblements, après la tristesse, Mélanie éprouve une extrême colère envers cet ignoble personnage. D'une part parce qu'il n'a pas compris sa requête et ne l'a pas aidé comme elle l'aurait souhaité, mais d'autre part, non négligeable, parce qu'il a abusé d'elle physiquement. Et afin qu'il soit puni comme il se doit de cet acte inacceptable, pour qu'il n'y ait plus d'autres victimes, Mélanie se décide, non sans honte et appréhension, à aller porter plainte directement à la gendarmerie la plus proche.

La procédure étant faite, au bout de quelques heures, Mélanie n'a plus qu'une seule hâte : rentrer ! Se retrouver dans son petit studio qui ne lui semble plus aussi minable qu'avant, mais davantage réconfortant. Sur le chemin, elle songe à Enzo. Elle éprouve le besoin d'être à ses côtés. Elle se met à imaginer notre Don Juan qui l'attend sereinement chez elle, pour l'accueillir d'un fervent amour rassurant à son arrivée. Puis elle pense à Léon. Soudainement, elle se rappelle qu'avant l'agitation chez Arnaud, elle avait pris soin de photographier avec son téléphone les quelques documents concernant son dossier, jusqu'à ce fameux poème. Finalement, tout n'est pas complètement vain et cela sera toujours douillettement installé qu'elle pourra enfin découvrir et percer les mystères de la vie de Léon.

La nuit tombante, le calme est revenu. Mélanie s'apaise de cette vigoureuse et mouvementée fin de journée enfouie dans sa couette épaisse. Prête à découvrir les antécédents psychiatriques de Léon en décortiquant les différentes captures de son téléphone, elle espère aussi recevoir un message bienveillant de la part d'Enzo. Peut-être serait-il plus convenable que ce soit à elle de refaire le pas… ? Mais avant cela, Mélanie débute le visionnage. Le premier document reste assez succinct. Il s'agit d'une sorte de fiche d'identité dans laquelle il n'est rien stipulé de nouveau qu'elle ne sache déjà, si ce n'est toutefois la date à laquelle elle fut réalisée, qui donnerait effectivement une idée de l'âge de Léon à ce moment-là. D'après ses calculs, il se pourrait que Léon ait connu l'enfer de la psychiatrie relativement jeune, puisqu'il n'avait qu'une petite vingtaine d'années à cette période précise. Ensuite, Mélanie découvre différentes pièces qui pourraient s'apparenter à des ordonnances médicales. Les noms de chaque médicament inscrit l'un après l'autre sont dignes d'un ouvrage spécialisé que seuls les plus experts en la matière peuvent décrypter. Il s'agit essentiellement d'antidépresseurs, d'anxiolytiques et de neuroleptiques en tout genre, à des doses qui lui paraissent disproportionnées. La durée des traitements semble très longue. Cela se compte en années. Mélanie est à la fois impressionnée et peinée. Mais elle ne connaît toujours pas les raisons pour lesquelles il s'est retrouvé dans cet état, si ce n'est déjà le fait d'avoir connu le pire dans sa prime adolescence. Dans la foulée, Mélanie constate un rapport de comportement datant presque de son entrée dans ce genre de service spécialisé. Autant préciser qu'il y a déjà très longtemps. On sait qu'à cette époque les troubles psychiques n'étaient pas pris avec autant de considération que de nos jours, et que l'on apparentait surtout ces troubles-là à de l'aliénation qu'il fallait soigner à coups d'enfermement en « asile de fous » ! Il est ainsi notifié que Léon souffrait de dépression sévère présentant des signes d'envies suicidaires avec agitations et agressivités envers le personnel soignant. Il est décrit comme étant d'abord une personne dangereuse pour autrui. Son enfermement accompagné d'un lourd traitement est par conséquent inévitablement nécessaire. Aliénation, camisole médicamenteuse, mutilation… Ces mots font frémir

Mélanie qui peine à croire qu'il s'agit bien de ce même jeune adolescent un brin romantique. Mais cela n'éclaircit toujours pas ses interrogations. Mélanie continue alors à feuilleter les différentes captures qu'elle a pu saisir. Elle ne lit que des formulaires administratifs sans réelle importance, n'apportant pas franchement d'information pertinente qui pourrait l'aider à comprendre. Elle se rend compte qu'il ne reste plus que deux clichés dont le dernier n'est autre que cet émouvant poème signé de la main de Léon. Avant même de découvrir l'avant-dernière photo, Mélanie replonge dans cette triste ballade. À sa relecture, elle en ressent toute la douleur exprimée, avec toutefois l'espoir de lendemains meilleurs. Elle songe à cet instant où Léon, désespéré au bord de l'eau, s'est trouvé happé par le vol délicat d'une libellule, annonciatrice d'une perspective de vie plus optimiste. Elle a compris qu'il évoquait ses proches tant aimés, disparus, mais avec la détermination et la conviction de rejoindre bientôt sa petite sœur chérie. Comment envisager, entre ce poème et le rapport de comportement si négatif, qu'il s'agisse bien là du même jeune homme ? Il est vrai aussi que la plupart des plus grands poètes restent néanmoins des âmes tourmentées et torturées… Et puis c'est le dernier cliché. Il est question d'un énième document dactylographié, mais avec, cette fois-ci, beaucoup d'annotations manuscrites rajoutées. Mélanie s'aperçoit, avec satisfaction, qu'il est indiqué « Histoire de vie » ! Enfin, peut-être d'importantes précisions qui aideront Mélanie à comprendre. Dans ce cas présent, hors de question d'y jeter brièvement un œil, ou de le consulter en diagonale, Mélanie y est très attentive et se met à lire chaque mot de ce précieux papier. Tout d'abord elle peut noter que ces informations font suite à un entretien entre le principal concerné, Léon, et une psychologue, et que la date de cette entrevue est antérieure à la décision d'enfermement qu'a pu subir ce pauvre garçon. Dans ce compte-rendu, Mélanie découvre stupéfaite les déboires qu'il a endurés. Des épreuves qui succèdent à son opiniâtre intention de retrouver sa petite sœur. Des épreuves qui n'auront jamais été posées dans son petit journal de bord. Elle y apprend d'abord qu'il a connu la rue, vagabond errant à la recherche de moyen de survie. Léon a fui un temps les procédures de placement en institutions pour les orphelins de guerre, ne désirant absolument plus revivre à nouveau les coups et les menaces. Mais l'univers de la rue, cette errance, ne l'a pas non plus épargné. Cette réalité fut encore plus violente et Léon a continué de grandir seul, où chaque jour est un combat de survie. D'ailleurs, comment subsister dans de telles conditions lorsque l'on n'est qu'un jeune adolescent ? Apparemment Léon doit son salut à la bienveillance d'une gérante de maison close. Estomaquée, Mélanie est déçue de n'avoir que trop peu d'éléments concernant cette sauveuse, ou même le lieu exact de ce sordide établissement. Quoiqu'il en soit, le sort continuait de s'acharner sur ce pauvre jeune adolescent, puisqu'il est encore noté qu'après quelques années, certainement le temps d'acquérir un corps plus adulte, Léon a subi plusieurs agressions sexuelles d'hommes beaucoup plus âgés et surtout assez fortunés pour pouvoir de passer ces actes ignobles sous silence. Et toujours pas de trace de sa petite sœur…

Mélanie comprend désormais le comportement de Léon. Elle conçoit qu'il ait pu se torturer l'âme à en perdre la raison jusqu'à devenir fou. Tout ce qu'il a pu vivre et subir est d'une violence inouïe et Mélanie fait le constat que finalement on ne connaît rien de la vie passée, des douleurs supportées, des peines endurées de nos aînés. Les cris de Léon sont la conséquence d'une douleur profonde, immense, d'avoir perdu ses êtres les plus chers et d'avoir été meurtri à ce point, sur son corps, dans sa chair et son esprit. Elle pense qu'il n'a plus qu'une seule volonté avant de partir, celle de revoir une dernière fois sa petite sœur chérie. Malheureusement, Mélanie n'a pas pu récupérer chez cet infâme Arnaud, assez d'informations qui pourraient éventuellement éclairer cette interrogation. Mélanie ne sait pas où se trouve cette petite sœur. Ni d'ailleurs si elle est encore de ce monde. Ce constat l'attriste. Plus encore lorsqu'en voulant éteindre son téléphone, elle se rend compte qu'elle n'a toujours pas reçu de signe de la part d'Enzo. Il est très tard et la nuit va être courte. Mélanie songe à parler à Léon demain, à lui avouer tout ce qu'elle a fait et lu. À lui exprimer sa peine et son désarroi par rapport au fait qu'elle a compris ce qu'il désirait le plus au monde, qui expliquerait son attitude envers autrui. Dans cette mission qui lui a été attribuée, dont l'objectif premier était de l'aider à pouvoir remplir son réfrigérateur, elle y voit un autre dessein, celui d'accompagner le mieux possible Léon dans sa fin de vie.

C'est le cœur embué, malgré une journée qui s'annonce ensoleillée, que Mélanie se rend pour son dernier jour à L'EHPAD. Toutes ses pensées s'embrouillent dans sa tête. Va-t-elle retrouver Enzo dont elle n'a plus de nouvelles ? Elle culpabilise de n'avoir point fait de pas vers lui et craint qu'il ne soit trop tard. Puis elle pense à Arnaud et se réjouit à l'idée de l'imaginer dans une mauvaise posture judiciaire vengeresse. Dans la foulée, cette pauvre Marie qui n'avait apparemment que de bonnes intentions à l'égard de Mélanie. Et c'est au tour de Léon. Mélanie se remémore tous les terribles épisodes de sa vie d'adolescent d'après-guerre, moments qu'il a su consigner dans son petit journal de bord. Mais aussi ce qu'elle a pu découvrir hier soir des documents qu'elle a capturés et les raisons pour lesquelles il a côtoyé la folie ! Bref, une journée qui s'annonce lourde en émotion pour Mélanie. Une fois sa tenue de travail enfilée, le carnet de Léon dans la poche et son petit chariot prêt à l'emploi, Mélanie commence à s'affairer à ses tâches prescrites. Tout en poussant son matériel, elle cherche du regard toute silhouette ressemblant de près ou de loin à Enzo. Mais il semble encore absent. Mélanie se désespère de pouvoir le revoir un jour, réalisant qu'il lui manque vraiment. Mais la journée ne fait que commencer, rien n'est joué. Mélanie repousse inconsciemment l'échéance de se rendre auprès de Léon, en s'attelant à exécuter rigoureusement toutes les tâches ménagères qui lui sont demandées. Du coup les heures passent indéniablement et c'est bientôt la fin de son labeur. La voilà enfin arrivée au niveau de la chambre de Léon. Son cœur s'accélère et ses mains tremblent. Elle se doit d'aller lui parler même si cette épreuve lui coûte. Une fois la porte doucement poussée, Mélanie s'approche de Léon. Il est calme. Tout est calme. Le temps semble suspendu, rencontre entre deux univers, deux époques complètement différentes, deux vécus littéralement opposés, mais qui pourtant se sont bien rejoints. Léon, les mains agrippant fermement les barrières de sécurité de son lit médicalisé, respire de façon saccadée, comme quelqu'un qui éprouve une certaine inquiétude avant de passer un examen. Mélanie pose délicatement sa main sur la sienne. Elle perçoit d'un coup une forme d'apaisement de la part de Léon, lui sentant chaque muscle de sa main se détendre et finir par maintenir moins ardûment la barrière. Elle le regarde bienveillante, sourit et se sent prête à lui parler. Soudain, son inspiration est interrompue par quelqu'un qui toque à la porte de la chambre. Embarrassée, lâchant brutalement la main de Léon, elle se retourne et qu'elle ne fut pas sa surprise de découvrir, l'air également ahuri, Enzo, se tenant droit, quelque peu essoufflé. Le cœur de Mélanie, qui battait déjà plus vite qu'à l'accoutumée, s'emballe complètement. Elle est à la fois confuse et heureuse de cet instant. Prête à s'avancer vers lui, Enzo lui fait un signe de la main de ne pas s'approcher, puis en tournant la tête en direction du couloir, semble approuver d'un hochement de menton quelque chose, à quelqu'un. C'est à ce moment que Mélanie voit une vieille dame un peu courbée entrer dans la chambre, se pinçant les lèvres, les yeux larmoyants. Instantanément, Mélanie voit Léon se métamorphoser. Son visage jusqu'à présent complètement triste et fermé change radicalement. Ses membres, jusque-là tendus, ancrés aux barrières de sécurité, s'élèvent en direction de cette femme. Ils semblent se reconnaître. Léon sourit et trouve la force de prononcer son prénom « Emilie »…

Mélanie a compris. Elle s'approche cette fois-ci d'Enzo qui, ni une ni deux, lui prend la main et la serre maladroitement contre lui. Mais qu'importe cette gaucherie, Mélanie est aux anges et elle n'en espérait pas moins. Discrètement, Enzo chuchote à l'oreille de Mélanie que voilà sa mission terminée et qu'il est temps de réellement passer davantage de temps tous les deux, ensemble. Mélanie jette un dernier regard en direction de cette fratrie retrouvée. Elle pense à nouveau à Marie et réalise maintenant ce qu'elle a voulu lui faire entendre lorsqu'elle a évoqué la bienveillance d'Enzo à son égard. Elle a compris qu'Enzo a fait, de son plein gré, sa propre démarche de recherche de renseignements concernant Léon, en s'approchant de Marie, tout simplement et sans arrière-pensée. De ce fait, Mélanie porte un regard encore plus amoureux sur Enzo. Finalement, malgré les épreuves et les obstacles qu'a endurés Léon, son histoire se termine bien. Cette réflexion lui apporte une révélation. Et si cette mission n'avait pas que pour seul but d'acquérir une autre vision des vieillards, pour savoir les accompagner dignement ?

Une fois les tourtereaux sortis de la chambre, prêts à bondir vers un futur des plus fleuris, Mélanie perçoit sur la vitre d'une fenêtre de ce long couloir, une libellule s'agitant à essayer de trouver une issue afin de retourner à la vie sauvage. Hasard ou coïncidence, Mélanie ne peut s'empêcher de verser une larme d'émotion devant cet être si fragile et délicat, mais à la fois si fort par les élans de vie qu'elle a pu déclencher. En lui rendant sa liberté, l'envol gracieux de cette libellule vers un nouveau souffle de vie, révèle à Mélanie son avenir. Sa foi de devenir auteur est au centuple et elle connaît déjà l'histoire qu'elle va passionnément coucher sur papier ! Pour que jamais on n'oublie…

Imprimé en Allemagne
Achevé d'imprimer en janvier 2024
Dépôt légal : janvier 2024

Pour

Le Lys Bleu Éditions
40, rue du Louvre
75001 Paris

www.ingramcontent.com/pod-product-compliance
Lightning Source LLC
Chambersburg PA
CBHW062347010826
49168CB00024B/292

* 9 7 9 1 0 4 2 2 2 0 1 9 8 *